Colline Jean Giono

山冈

〔法〕让·吉奥诺 著 罗国林 译

人民文学出版社
PEOPLE'S LITERATURE PUBLISHING HOUSE

著作权合同登记号　图字 01-2018-5426

Jean Giono
Colline

图书在版编目(CIP)数据

山冈 /(法)让·吉奥诺著;罗国林译.
—北京:人民文学出版社,2018
(中经典精选)
ISBN 978-7-02-014505-8

Ⅰ.①山…　Ⅱ.①让…　②罗…　Ⅲ.①中篇小说-法国-现代　Ⅳ.①I565.45

中国版本图书馆 CIP 数据核字(2018)第 189878 号

总 策 划　**黄育海**
责任编辑　**朱卫净　欧雪勤**
封面设计　**汪佳诗**

出版发行　**人民文学出版社**
社　　址　**北京市朝内大街 166 号**
邮政编码　**100705**
网　　址　**http://www.rw-cn.com**

印　　制　**上海盛通时代印刷有限公司**
经　　销　**全国新华书店等**

开　　本　**890 毫米×1240 毫米　1/32**
印　　张　**5.875**
字　　数　**100 千字**
版　　次　**2019 年 6 月北京第 1 版**
印　　次　**2019 年 8 月第 2 次印刷**

书　　号　**978-7-02-014505-8**
定　　价　**39.00 元**

如有印装质量问题,请与本社图书销售中心调换。电话:010-65233595

中经典
精选

Novella

序　幕

这事发生在大暴风雨那年的九月四日。那年，我们这一带的人都遭了殃。

还记得吧，起初是图西埃尔那边大滑坡，五十多棵冷杉给来了个倒栽葱。被毁的参天大树给山涧冲走，响声震天动地……看到那么好的树木在岩石上撞得粉碎，撞碎的木头像腐肉般被激流卷走，真是可惜。接着是弗隆弗洛瓦大冒地下水。还记得吗？高山上那片草地突然变得软软的，不久草地中间裂开一条大口子，就听见底下黑水翻滚，随后那山上就开始喷水。沉重、冰冷的水在山谷里汹涌澎湃，一片狮吼。

这两件事发生后，四乡哗然，人人惊恐万状。不少人半夜里爬起来，赤脚走到窗口，站在黑暗里，倾听山像生病的孩子一样呻吟。不过生活还勉强算平静，只是日子难挨，不像往常。黎绍森林边缘浮荡着绿色的雾。那雾挂满山的每个棱角，就像风里夹带着许多海藻。普朗浦一带飘荡着压碎的龙胆草味。一天，看林人的小女儿送来一个美丽的蘑菇，比草帽还大，呈灰白色，带有黑点，看去像一颗死人的头。

这一切本应引起我们的警觉。实际上我们也有所警觉，可是生活归生活，你难道因此让水断流吗？人们能习惯一切，甚至能习惯恐惧。

九月四日是我们的还愿节。还愿是一种时髦，正如大家所说的。在我年轻的时候，每到这天，四个乡的人从沃泥埃尔、格朗达日、蒙布兰络绎而来，越过山口，参加节日盛会。我们都在本村过节。从外地赶来的，都是山上的农民、伐木工人和牧羊人。就是平时，牧羊人也常常在夜里跑进我们村来喝酒，把羊群撂在奥什山上的牧场不管。

我刚才说了，四野非常寂静。我们头顶上有一块湛蓝的天空，呈圆形，平展展、光溜溜的，没有一丝浮云。而在地平线上，有一长条厚厚的、沉重的紫云。它从早到晚待在那里，凝滞不动，毫无变化，压在山脊上。

“那云是要飘到别的地方去的。”大家议论道。

“大概会落到特利埃夫村。”

“大概会使洛姆河泛滥成灾。”

大家说是这么说，却不时抬头望着头顶上那块圆圆的蓝天。它像一块磨盘扣在我们村子上。

现在大家都知道了，知道那是一种记号，一种预兆：我们被那块圆圆的蓝天打上了记号，那块蓝天就是指的我们村；它那样阳光耀眼就是预示着灾难。管它呢，当时我们还是乐呵呵的。

“节日还没到，天气就好转了。过节那天准是个大晴天。”

“也该有个好天，就那么一次嘛。”

车匠的儿子拿份名单挨家挨户收钱，大家你交一百苏，我交三法郎，为的是把节日搞得气派些，不给我们村丢脸。学校旁边已经搭了一个棚子，里面飘出水果香糖的香味。

有一两天夜里，人们听见天上阵阵响声。

“这，万一……莫非……”

不过什么也没发生。第二天早晨，阳光仍像干草似的黄澄澄，风中带有黄花茅的清香，还有那块使我们大上其当的圆圆的蓝天。土地踩上去挺暖和，像水果一样软软的富有弹性。

到了九月四日，家家户户推开护窗板，果然好天气。大众咖啡馆在门口栽了一棵五月树——一棵青翠的冷杉。青枝翠叶间，挂着滚球赛赢得的红绸巾、女子赛跑的奖品蓝绸巾和男子赛跑的奖品运动衫。它们在如溪水般活泼、馨香，小山羊般撒欢的风中飘摆。

中央咖啡馆把台子一直搭到了自由树下。洗衣池里满满冰了一池子瓶装酒。食品杂货店老板向桑索尔的表兄定做了一箱奶油水果小馅饼，站在门口等待送货来，见到路过的人就说：

“知道吗，今天本店有奶油水果馅饼。”

听到的人想：

“不错，这倒是很好的餐后点心。”

阿波罗妮等待着特利埃夫的几个外甥。安多纳的哥哥要带着一家大小从科里亚德赶来。特拉布克的滚球选手早就报了名，他们都是强手……蒙塔玛来六个，蒙布兰来三个。据说奥什山上的牧羊人也要来，但来多少谁也不知道。

我们见到的头几张难看的面孔，是科里亚德来的那一家大小。他们闷声不响地把骡子牵进马棚，一边偷偷地相互使眼色。刚到达不久，做父亲的便对安多纳说：

“今晚你得安排我们住下，我们不想赶夜路回去。”

然后又说：

“来点劲儿大的东西给我们喝。”

问他们带行李没有，他们回答：

“什么也没带。”

两个多小时，他们眼睛里一直流露出令人捉摸不透的神秘神色。

特利埃夫来的几位浑身上下湿漉漉的。

“山口那里下雨。真是奇怪……”

不过，我们很快就把这些抛到脑后去了。仿佛有一只手一下子把天上的云扫得干干净净。清风徐徐，送来草原的芬芳。阳光洒遍大地，驱散了阴影，沉睡在地面上。只有蒙塔玛那边威胁还没解除，像一堆茄子般、闪闪发光的乌云一直凝聚在那里。

中央咖啡馆顾客爆满。厨房里的碗碟声、流水声像激流喧嚣。顾客们拼命地灌啤酒和葡萄酒。地板上酒液和啤酒沫子横流，脚一挪动就扑通扑通响。外面，顾客一直坐到了自由树下。玛丽不停地去洗衣池边，抱来一瓶瓶水淋淋的啤酒。冰凉的水打湿了她的乳房，渐渐流到了腹部，使她浑身微微打战。

她到餐桌边斟酒时，顾客不是捏她的大腿，就是拍她的臀部，有的甚至把手深深地伸进她的裙子里。

“哎，别这样，好热。”她嚷道。

有些人已经喝得烂醉，嘴里唱着《可怜的农夫》；有些人慌慌张张离开座位，跑到一个角落去呕吐；有些人无缘无故纵声狂笑，坐在座位上小便，感到两腿内侧尿湿了，又开始狂笑，灌酒。大众咖啡馆的情形也一样，只有紧里的一个角落除外。那里一张小桌旁坐着特利埃夫来的三个人。他们是早上过的山口。刚进入九月份，过山口并不困难，可是他们却说：

“是呀，真奇怪，这可不正常。谁知道呢……”

他们不停地抽烟，大杯喝酒，想以此驱散心头的不安。

快到中午了，要使这些人离开可是件难事。大家正与波利特讨论他在滚球上失败的原因。波利特站在当间，垂头丧气，咬着胡子……

顾客们还是站起来，离去了。

街上和两家咖啡馆里，又变得宽敞，有空地方了。当我们吃午饭时，天空中一片寂静，深沉、令人压抑、令人孤独的寂静。在这寂静中，听不到风声，听不到脚步声，听不到草的叹息声，也听不到胡蜂的嗡嗡声。绝对寂静，静得出奇，静得沉滞，而太阳像一个火球炙烤着大地。

在这寂静中，从森林那边的路上来了一个人。他走到房屋的阴影里，看样子是来乘荫凉的。他走两步，四周打量一眼，贴着墙根又轻轻地走几步，抬头看见我们的杨树，便大胆穿过一大片烈日地段，来到杨树下。他待在那里，一边仰鼻闻着，一边乘风凉。他像一头被猎人追赶的野兽，弓着背，用手摩挲着老杨树的树皮，然后挥手拽低一根树枝，把头伸进绿叶间闻了一会儿，最后终于离开树下，来到大众咖啡馆门口，撩起门帘，慢吞吞地进了咖啡厅。

这一切我是在自家窗口看见的。我当时正准备午睡。你知道，我对节日的热闹不感兴趣，所以一个人待在家里。

是安多纳招待的那个人。下面的情况是安多纳讲的：

那人干瘦干瘦的，看不出多大年龄，没穿外衣，身上所穿衬衫的棉纱是蓝色的，像天空一样蓝，卷着袖子，露出两个胳膊肘，皱巴巴，黑乎乎，像树干上伤痕累累的枝丫，胸部长满像牧羊犬一样的毛。

他要水喝，别的不要，并说：

“我付钱。”

听口气，他的话不能违抗。侍者送上水，他又要盛在小木桶里喝。

安多纳告诉我：

“我进到厨房里，不胜惊奇，但只字未对特利埃夫来的那一家子提。他们正在吃饭，我什么也没对他们讲，而是通过门帘上一个被挂破的小窟窿，偷偷地观察那人。他像牲口一样喝完那一小桶水，然后从口袋里掏出三个松果，在桌子上剥去壳，开始吃里面的松子，用指甲尖抓起扔进嘴里，用牙齿尖嚼得嘎嘣嘎嘣响。从我站的地方看去，他就像一只大松鼠。”

因为做了五花八门的肉类，午餐延续了好几个钟头。首先端上席的是油缽灌肠，放在盘子里，又白又肥，像条大毛虫。还有炖公鸡和带血的兔肉。宰了好几头山羊。到处是生肉味和烂草味。所喝的酒有好多种，有海边产的，山地产的，还有两年的陈酒。

“这种酒你觉得怎么样？”

“棒极啦！”

从陈年老酒到瓶装白兰地，你只要伸手，就会给你递过来，侍者连蜡烛都不点，赶忙上楼去取。我们这里过节就是这样。大块大块的鸡胸脯肉像雪白的树皮，用餐叉叉起来，塞进嘴里。

最后，家家户户都闻到各色各样的气味，就是没有什么好气味。

约莫三点半钟，那人用完了餐，起身付钱。

安多纳不收水钱，那人说：

“就算付我坐的这个角落的钱吧。”

他硬要安多纳收下一枚硬币。但是，当他正要出去时，博尼法斯带着他那帮人到了，堵住了门口，推推搡搡往里挤，一边打招呼：“各位好！”这招呼声和灌香肠味混合在一起。

这帮人都是伐木工人，所以个个五大三粗的。

那人试图从他们之间挤出去，但不得不退回到他那个黑暗的角落。那些大汉在咖啡厅当中坐了下来，他就不敢再动了。

他像一头落进陷阱的野兽，一会儿转头看看这边，一会儿转头望望那边，想找机会脱身，美丽而惊恐的目光中流露出恳求的神色。

总之，这一切是安多纳讲的。至于随后发生的事情，他记得不一定很清楚。

那人缩在黑角落里。侍者又开始斟咖啡。

大概在这个时候，我午睡起来了。记得我所做的头一件事，就是去阁楼天窗口看天色。那块蓝天缩小了。积聚在蒙塔玛上空的乌云依然凝滞不动，而且非常厚，又有两朵不祥的乌云朝山顶方向移动，想过来看看我们在干什么。

“这两朵云今晚就会飘过去的。”我想。

可是事实上……

我下午四点钟光景起床后，无所事事，只有去安多纳家，或者说去中央咖啡馆，这是一回事。

我到达时，那场面已经开始了。

一走近咖啡馆，我心里便说：

“里面在吵架。”

只听见博尼法斯在大吵大嚷。

我迈进门槛。

他们都转身冲着咖啡厅里端一个什么东西。过了一会儿，黑暗中才冒出那个人。他像山泉一样从黝黝黑暗中冒出来。不知是在村庄上空移动的太阳直射下来的光线的效果，还是那人的神力放射出的光芒驱散了黑暗，反正我蓦地看见了那个人。他站在那里，形容忧伤，压在心头的高尚思想，使他的那双眼睛黝黑黝黑的。他肩上停着一只森林的野鸽。给酒灌得丧失理智的博尼法斯所怨恨的，正是这两样东西——他和他肩头的野鸽。

这场争吵的发端倒挺有趣。首先应该说：那帮大汉，也就是七十二号采伐场那批伐木工人，他们在高山上，在加内芝耶附近，孤独地安营扎寨了一百天，是直接从深山老林下来的。他们在高山上生活了一百天，成天与天和岩石为伴。森林不是他们的伙伴，因为他们是砍伐森林的。他们不得不砍伐森林，那是为了生活啊！与他们做伴的是辽阔的天空和高山的土地，而那天空像钢铁一样冷漠，那土地像死尸一样冰凉。他们被迫与它们结成的友谊，在他们心里激起了拥抱树木的欲望，像拥抱人一样拥抱它们，可是他们来到那里，却是要砍伐它们。这事儿我解释得不大清楚，有什么办法呢？这有点像，请别见怪，有点像你爱贝特，我知道，贝特值得你爱，可是你为生活所迫，却不得不杀了她，拿她的血去做猪肉香肠。请原谅，这只不过是打比方，现在你想必明白了吧。

好吧，再来说说那些汉子吧。他们的欲望和爱情所包容的这些东西，使他们对人和禽兽产生了恶意。在高山上，他们的胡子长得像苔藓一样，他们习惯了高山空间的行为比我们的行为更粗犷。博尼法斯把那只森林的小野鸽藏在裤兜里带来了。在山上，他早就开始驯养它。可是每次一松手，那鸽子就嗖的一声飞进窝棚，撞翻烛台，像疯了似的，朝小窗帘上扑，所以博尼法斯拧断了它的一个翅膀。

就是那个翅膀。

你看见了吗?

这还算好的呢。博尼法斯当时没有喝酒，用他那像牛蒡叶子般宽大的手使劲一拧。是的，他把那只灰鸽捏在宽大的手里，拧它的翅膀，直到听见骨头咯嚓响了一声。有什么办法呢? ……

因此，那只可怜的鸽子待在那里，已经残废，拖着已死的沉重的翅膀。它待在那里，那个死去的翅膀像一个不堪重负的东西。就这样，博尼法斯只那么一下子，就剥夺了它的整个天空，使它再也不能乘风展翅翱翔。它在桌子上，在残酒液里爬行。

博尼法斯呢，仰靠在椅子里，撑得圆鼓鼓的肚皮从裤腰里垂了出来。他笑着，看着那可怜的小东西哈哈大笑。他那样使劲地拧，把一只轻盈的小鸟，变成了这个笨拙的、缩头缩脑的小东西。现在它贴着酒杯一瘸一跛地爬行，一边呻吟。每当它爬远了点儿，博尼法斯就用手背抽它，像抽皮球一样抽到酒在桌面的酒里。鸽子试图展开翅膀，结果撕裂了伤口，疼得它长长地哀鸣一声，嘴久久地张着，浑身瑟瑟颤抖，几乎昏过去。

这样反复三次，角落里那个人说道：

“别折磨这只小鸟。”

博尼法斯本来以为那个角落里既没有人也没有东西，突然听见那里有人说话，不禁一愣。鸽子也听见了这个声音。这声音大概是它的一线希望，它大概本能地认识这声音，因为，看吧，它立刻爬起来，竭力忍住疼痛，蓦地展开双翅，随着一声鸣叫，就带着满身酒液向那人飞去。大家听见它贴在那人身上高兴地叫着，那人也高兴地对它叫着。他和鸽子说话，用鸽子的语言和它说话，鸽子伤心地回答他。

“这个人是谁？”博尼法斯问道。

现在咖啡馆里坐满了人，但没人知道那人是谁。

我就是这时进到咖啡馆的。也正在这时，刚才我看见的那几朵云之中，有一朵雪白的，大得像艘巨轮，反射着阳光，从村子上空飘过。一道强烈的光映亮了玻璃窗，把咖啡厅里照得通明透亮，于是大家看清了那人。

“给我滚开，你这小子。把鸽子还给我。”博尼法斯手一伸说道。

那人把鸽子放到肩头上，侧过头，用鸟的语言和它说话，一边直叹气。博尼法斯一直冲那人伸着手。

“给还是不……”

“我留下它了。”那人说。

“这……”博尼法斯只说出一个字，仿佛被那人不动声色的样子镇住了。“岂有此理！”博尼法斯霍地站起来，碰得椅子砰砰响。他跨到咖啡厅中央站住，像一棵橡树的树干。

他就这样站在那里，而那人继续小声地、平静地和鸽子交谈。他的声音，只要一听见，胳膊、腿就全不能动弹了。在场的人都心里嘀咕：“哎，这声音我好像在什么地方听见过？”大家脑海里充满树、鸟、雨和风的声音以及大地颤抖的声音。

“这鸽子我留下了，”那人又说，“它是我的。你有什么权利抓住它，折磨它？你这条健壮、结实的汉子，有什么权利扼杀这个灰色的小东西的生命？说呀！它像你一样有血液，它的血和你的血一样红，它像你一样有权享受阳光和风。你并不比这只鸽子拥有更多的权利。上天赐予你和它的东西是一样的。用你的鼻子和眼睛去占有你那一份吧。你无疑杀害了不少生命，不然怎么才到中年就这样胖？你杀戮、伤害生灵，吸了满嘴、满肚子鲜血，却至今还活在世上，真令人吃惊，你明白吗？你喝了那么多鲜血，吞噬了那么多痛苦，居然消化得了，这实在令人吃惊，你明白吗？你明白这是为什么吗？”

大家都像道路两旁死了的树墩子。

“这家伙是个疯子。”博尼法斯嚷道。

“不，我没有疯，”那人说，“是你疯了。如此伤害生灵，不是疯狂是什么？请大家看看吧。”

他小心翼翼地捧起肩头的鸽子。他捧鸽子时动作很轻。鸽子在他手里亲切地叫唤。那人抬起鸽子折断的翅膀让大家看。那翅膀晃荡着，丧失了生命，像是被切断了与人世的联系。我们异口同声地叫道：“啊，啊！”这可让博尼法斯脸上无光。

“我再说一遍，”胖子说道，“这鸽子你到底还不还？”

“我说了：不还。我留着它，你对它太残忍啦。”

我们都望着他们俩。博尼法斯这个人，大家都了解。这倒不是个太坏的汉子，但如果有人和他作对，过分违抗他的意志，老实讲，他可不会是最后一个动拳头的。这会儿大家都想：那陌生人也太过分了点儿。

安多纳出现在厨房门口。

咖啡厅并不大，博尼法斯一步就能跨到那个角落。他一步跨过去，举起粗树丫般的胳膊，抡起西葫芦般的拳头。

他就那样抡着拳头站定在那儿。

那人把鸽子放回肩头，对它说一句悄悄话，像是对它说：“待在上面，别害怕。”接着，他向我们转过他那张山羊脸和一对忧郁的、闪闪发光的大眼睛。他盯住我们，考虑了一会儿，最终下定了决心。

“看来，非得惩罚你们一下不可，”他说道，“让你们尝尝混乱的苦头，也许会清醒过来。”

他抬起食指，指着安多纳说道：

“去拿你的手风琴来。”

他就是这样说的。

在他周围，所有人都默默无语。只有外面，节日继续喧腾不已，像头大母牛在哞哞叫。我当时在场，可以作证。我当时感到仿佛嘴里塞满了正在硬化的水泥。其他人和博尼法斯大概也同我一样，谁也没动弹一下，连嘴唇都没动一下。仿佛整个大地的重量全压在我们身上。

我们听见楼上响起安多纳的脚步声，他是去卧室取手风琴了。随即听见他下楼梯，片刻便回到了咖啡厅。

安多纳站在那里，手里抱着手风琴，准备好了，等待着命令。

“开始。”那人对他说。

于是，安多纳开始弹琴。正在这时，站在门口的人望见那朵白云飘过来了。

胖博尼法斯举着的手慢慢放下来，与此同时，他随着琴声的节奏抬起了一条腿。手风琴奏出的和弦比五月的风还轻柔，然而安多纳所弹奏的，只不过是他平时弹奏的曲子《我温柔的爱情》和他瞎编的一支小调。可是，那旋律却……

博尼法斯抬起了另一条腿，双臂弯曲，腰部扭动，双肩也抖动起来，胡子随着身体的摇晃高高飘起：他跳起舞来了。

他在那人面前跳舞，那人两眼盯住他。博尼法斯似乎在挣扎，是违背自己的意志在跳舞，动作非常缓慢吃力，那真像是舞蹈的起始。渐渐地，他全身的骨头和肌肉仿佛被音乐抹了油似的，加快了速度。他的身体疯狂地抖动，一边呼哧呼哧喊着“嗨！嗨嗨！”的号子，双脚在木头地板上踢踏，扬起的灰尘盖住了膝盖。

大家呆头呆脑地看着。我觉得自己的胳膊、腿和整个身体，完全不受自己支配了，只有头脑除外。头脑还是清醒的，悠闲地看着暴风雨的阴影升起，听着灾难的风呼啸。其他人我想也一样。我记得很清楚，大家统统被同一种力量镇在那里。最可怕的是，头脑完全清醒，明白所发生的一切。

从那人成了指挥者的时刻起，我们每个人的目光一下子都转向了他，再也无法移开。他有着长长的、稀疏的胡子，像枯草般乱蓬蓬的，胡子下面几乎没有下巴。他的鼻子又长又直又宽，上面略显扁平，直接从前额下来直到嘴巴。他漂亮的嘴唇像削了皮的水果般肉乎乎的。他有一双椭圆形的美丽的眼睛，直到睫毛根全呈蓝色，没有一点眼白，仿佛抹了一层釉，像沉思的山羊眼睛一样，溪水般的目光充满了怜悯和痛苦。

现在，博尼法斯像一棵树，被风刮得狂摆乱舞。大家都渴望与他背贴背一起跳舞，只等着那人下命令。

那人向我射来的目光像钳子似的，每道目光都具有钳子的形状。那目光首先射向伐木工人安德烈·贝兰。目光一接触他，他就噌的一声站起来，开始跳舞。接着，目光落到雅克·勒戈达兹、让·穆兰和科里亚德的波利特身上。不知为什么，波利特从一开始就不停地低声喊着：

“啊，啊，啊……”

随后，目光落在特利埃夫的两个人和奥什的一个人身上，又落在女招待阿梅莉身上。这时，犹如泰山压顶，当空劈下一声炸雷。目光落到我身上时，我像被一颗子弹射中，莫名其妙地狂舞起来。其他人一个个跟着旋转起来……

大家旋转着，旋转着。

扬起的灰尘掩盖了我们的腹部。我们个个汗如雨下，地板被踩得雷鸣般震响，只听得见博尼法斯不断地喊着："嗨！嗨嗨！"桌子被震倒了，椅子被踢翻了，玻璃杯被皮鞋踩得粉碎，发出猪嚼鹰嘴豆般的响声。咖啡厅里弥漫着浓烈的苦艾酒和果子露的气味，熏得我们个个头痛欲裂。

说实在的，对这一切，安多纳并没起什么作用。在这片嘈杂声中，再也听不见他弹奏的曲子，琴声完全被嘈杂声淹没了。大家在旋转中，仅仅偶然看见他在疯狂地拉手风琴，就像我们在疯狂地跳舞一样。因此，使我们着魔的不是音乐，而是一种可怕的力量。这种可怕的力量和那人忧郁的目光，一齐钻进了我们的心里。这是一种我们无法抗拒的力量。大家记起了从前的、古老的动作，记起了人类产生之初，即原始人类的动作。

我们的胸膛像地窖口一样敞开，从里面释放出大自然中一切邪恶的力量。现在我们的躯体太小了，容纳不下这些力量，它们就在我们的皮囊里乱冲乱撞，像耗子在布袋里乱钻一样。这不过是我的叙述方式，实际情形究竟如何，我也记得不很清楚了。说实在的，能够摆脱那样的狂乱，这样来对你讲述，已经很不错了。

鸽子停在那人肩头，用喙抚摩着它受伤的翅膀。

谁知道我们这样跳了多长时间？谁也不知道。

突然，我感到从自己心底升起一股狂兴。这真是糟糕又糟糕。

那人朝我们走来，我们给他闪开一条道。他向门口走去，掀起门帘，走出咖啡馆。于是，像一头被人牵着鼻子的牛，安多纳跟着那人出了咖啡馆，我们全都紧跟在后面。我们一个个跟着他，舞蹈把我们抛到了外面，像抛撒种子似的，把我们抛到村子里。日光呈硫黄色。大地被扣在一场大暴风雨的盖子下，蒸笼似的。时钟敲响了傍晚六点。

那人往我们的井台栏杆上一坐，伸手掬起一捧水，给鸽子喝。

啊，这节日！

从学校到自由树，整条街上挤满了和我们一样烂醉的人。人们旋转着，拥挤着，波涛般冲击着墙壁。那是男人、女人和儿童混杂的激流。人们狂跳乱舞，直到精疲力竭。人们摩肩接踵，挤成一堆，仿佛在一只无形的手的推动下，疯狂地旋转扭动。不时有一扇门打开，从里面跑出一位家庭主妇，手里还拿着勺子或准备塞进炉膛的劈柴，加入跳舞的行列；或者一位刚在梳妆的姑娘跑出来，下身穿着衬裙，上身穿着内衣，加入我们之中旋转起来，举起双臂，露出胳肢窝下褐色的毛。苔莱丝和巴拉鲁的儿子就是这样跑出来的，他们昨晚成的婚，本来还没起床呢。是的，这对新人就这样跑了出来，赤条条的，一丝不挂，汗流浃背，因为相互抚摩，肌肤显得格外鲜嫩。人们投入这一大锅糨糊之中，这锅仅仅被那人的目光的魔力搅拌的糨糊之中。人们不断地投入这锅正在搅拌的灾难的糨糊之中。

现在整个村庄都发狂了。再也没有桌子，再也没有戏台了，再也没有酒瓶子。卖水果香糖的棚子从桩子上给扯了下来，整个棚架和帆布在我们头顶上飘荡片刻，便落到了我们脚底下。有时，人们在被踩得稀烂的水果香糖里跳舞，脚给粘住了，扯都扯不动。人们在葡萄酒、啤酒和尿液里乱蹦乱跳。大家有尿就尿，毫不回避，连想都不想，就尿在裤裆里。有时，我从博尼法斯身边经过，他还在喊着："嗨！嗨嗨！"有时，我从波利特身边经过，他还在叫着："啊，啊！"有时，我和姑娘们挤在一起，她们的大腿血淋淋的，她们那枯草般的呻吟猛烈撞击着我的耳朵。

一道巨大的闪电宛似一只鸟从我们头顶上掠过。

于是，所有牲口棚的门都炸裂了。所有骡子、马、马驹、驴全都疯狂地向我们冲来。

于是，家禽棚子像核桃壳般爆裂了。

疯狂的母鸡飞出来，撞到我们脸上，用长长的爪子抓住我们面颊的皮肤不放；鸽子雪片般落在我们身上。所有飞出来的家禽搅得空气像沸水一样翻滚。前些天集中在山谷里准备迁徙的燕子，现在都从山谷的树上、灌木丛里和温暖的草丛中，箭也似的飞出来，在天空中形成了一条浩浩荡荡的大河，回旋一阵，随即向我们倾泻下来，暴雨般落下来。我们身上流淌着燕了，我们身上落满了燕子；燕子瀑布般淹没了我们，沉甸甸地劈头盖脸落下来。

于是，山上的所有草木也像汤一样滚沸起来。森林里的野兽，统统从树木间、草丛里钻出来，冲向山坡；山坡上立刻像发生了滑坡和泥石流。它们拼命地拥挤着，肚皮擦肚皮，脊背擦脊背，毛擦毛，毛擦鳞甲，有獾、狐狸、一只老狼、松鼠、山鼠、像活树枝般的水蛇、盘绕在一起的蝮蛇和小蝰蛇，有老鹰、山鸡、山鹑、老斑鸠。我记得有只雌野兔，独自在草地边缘乱蹦乱跳，它每跳一下，我们就看见它的一个奶头上挂着一只拳头般大的幼兔，死死吮住奶头不放。有头老鹿，像一位体面的先生，一副高贵、冷漠的样子，但满身全是苔藓，因为它是从它居住的杜尔博纳峰附近跑下来的。

在这些野禽野兽后面，飞着从深渊里出来的蝙蝠。它们展开毛茸茸的皮翼，东飞西窜，脚像螳螂一样长有锯齿。它们纷纷坠下来，发出年轻女人般的尖叫。还有粗笨的乌鸦，身上载负着黑夜，在暴风雨下慢腾腾地飞来飞去。

那只老狼一跑进村子，就靠在中央咖啡馆的大门上躺下，伸出厚厚的、血红的舌头，舔着被刺扎伤的脚。

我看见雨和黑夜到来。

雨和黑夜突然到来。雨是那样密集，那样迅猛，简直像一块天空跌落在我们头上。而那黑夜，那可憎的黑夜充斥了我的心，仿佛一个太阳在我四周爆炸了。

这天夜里，我与弗郎索瓦家的母马跳舞，亲吻了它那满口黄牙的嘴。告诉你吧，现在我舌头上还有嚼烂的干草味。我看见人们都张开双臂，向禽兽迎上去。我觉得有人碰了我一下，伸手一摸，身旁一个毛茸茸的东西，仔细一看，原来是头雄鹿。雄鹿见我是男人，便转身走向左边看林人的女儿罗茜娜。

啊！看吧，奥什山那边，大地上滚动着白色的羊群，领头的是高大的公羊。雪白的羊毛像月光照亮了黑夜。

这时出现了一道巨大的闪电，像一盏灯悬挂在夜空中。

第二天早晨，我们在一座村庄里醒来。那座村庄到处渗出各种液汁，像个烂西瓜一样臭烘烘的。我躺在马粪里。离我不远，躺着胖阿梅莉。她像死了一样，全身一丝不挂，裙子飘在空中，内衣不知去向。

然而，我们所遭受的全部灾难，是事后才知道的。现在我们已经知道：阿纳伊丝身上有一种气味，怎么也去不掉，都使她发疯了；弗朗索瓦的母马患了一种前所未闻的病，那病是在它肚子里，剖开它的肚皮一看，里面是一团有生命的血，大家把那团血埋在粪土堆里闷死了；还有罗茜娜生下了一个怪物，大家把那怪物扔到激流里淹死了，阿斯普的接生婆因此病了半年多，她说："我眼前总是晃动着那怪物。"

那个人朝普罗旺斯去了。他是打北边的道路，即西特龙走廊进入普罗旺斯的。这是来绍维纳打工的一位雇工告诉我们的。那时，这位雇工在里比耶一带放羊。一天早晨，他听见羊群里有轻微的小鸟鸣啭声，抬头一看，围栅旁边有个人，肩头停着一只野鸽。那人正在用羊的语言和羊交谈。

"我吗，"那位雇工说，"我看了一眼就又躺下了，盖上斗篷，再也没有动。"

是的，那人进入了普罗旺斯，朵朵乌云随他而去，不久，那边的天气似乎也要转晴了，可是我的一位住在鹿儿山的表兄告诉我……

山　冈

纪念我的父亲

又高又密的麦子间露出四座房子，盛开的红门蓝缘墙一直爬到屋檐下。

四周是连绵的山冈，宛若大地的肌肉皱缩成一个个敦实的疙瘩。

橄榄树下，驴食草花似一摊摊殷红的鲜血；桦树皮溢出芳香的液汁，引来群群蜜蜂绕着树干翩翩起舞。

一眼山泉流出两股泉水，叮咚歌唱，从山崖上跌落下来，被风刮得四处飞溅，淙淙流过草地，然后汇合起来，潺湲于灯芯草的河床上。

风在悬铃木林子里低吟。

这就是白庄所在地。

这破败的小村庄坐落在田园和广阔的荒野之间；田园上收割机喧嚣不歇地轰鸣，荒野则遍地薰衣草，那是鹿儿山的阴影笼罩下风的故乡。

风的土地。

也是飞禽走兽的土地：水蛇在茂密的宽叶薰衣草丛中时隐时现；松鼠抱着橡实，在大尾巴掩护下蹿来跳去；鼬鼠在风中探头探脑，须子上挂着一滴闪亮的血珠；狐狸在草丛里寻觅山鹑的踪迹。

刺柏树下，母野猪独自哼哼；几只满嘴乳汁的小猪崽，竖起耳朵谛听大树枝叶摇摆的声音。

风刮过了树林子，枝叶复归平静，小猪崽又哼哼唧唧，用小嘴寻找奶头。

野禽兽和白庄人相遇在山泉边：那从岩石里流出的清泉，喝一口那样甘甜，洗一洗那样凉爽。

一到夜间，荒野里毛茸茸的腿爪，便爬到这叮咚、清凉的泉畔。

白天，野禽兽焦渴难忍之时，也会来到这泉边。

一头离群的野猪朝村庄一路嗅去。

它知道正是歇晌时分。

它在树丛里兜了一个大圈子，然后从最近的一角冲出来。

瞧，它冲出来了，躺在水里打滚，肚皮贴着泥巴。

清凉之感从它的肚皮渗透到脊背。

它嘴里含满了泉水。

凉丝丝的水波轻拍着它的皮肤。

突然，它停止了这痛快的沐浴，纵身逃向林子。

原来，它听见了村里护窗板吱呀的响声。

它知道，护窗板吱呀作响，那是有人在小心翼翼推开它。

若姆凭自己的判断，打了一颗霰弹。

椴树上落下一片叶子。

“你打什么？”

“那头野猪。你瞧，它在那边，这婊子养的。”

鹿儿山苍翠寂静，漠然挺立着它庞大的身躯，挡住了西去的道路。

灰色的秃鹫时常出没于山中。

它们整天在碧蓝如洗的天空盘旋，看上去似片片鼠尾草叶子。

有时它们展翅远飞。

有时，它们借助平稳的风力，昏昏欲睡般停在空中。

鹿儿山高耸在大地和太阳之间，黑夜还没降临，它的影子就给白庄罩上了暮色。

四座房子有两户人家。

一户是龚德朗，即梅德里克家。梅德里克娶了玛格丽特·里加尔。老丈人与他们住在一起。

另一户是阿弗洛迪·阿尔波家。阿弗洛迪娶了培儿堆村一个姑娘。他们有两个闺女，一个三岁，一个五岁。

除这两户人家之外还有：

赛萨·莫拉母子俩和他们从公共救济所领来的小帮工。

与女儿郁拉莉一块生活的亚历山大·若姆。还有，就是戛古了。

总共十二口人，加上戛古，刚好凑成那个不吉利的数字。

四座房子当间，有一小块夯实的土坪，为几家共用的打谷场，也是玩地滚球的场所。

大橡树下是洗衣槽。

洗衣槽由砂岩凿成，像口石棺，里面凿得像一个穿汗衫的男人尸身。

尸身凹陷，里面积满青绿色的水，水面有小虫子游弋，粼粼闪光。

沉重的石棺边上雕刻着几个女人，她们用月桂枝相互抽打。

这口古老的石棺，是阿弗洛迪·阿尔波刨一棵橄榄树时发掘的。

四座房子都像各自的主人。

若姆的房子正面爬满野葡萄藤，顺门框倒垂下来，酷似主人嘴上耷拉的高卢人长须。

每座房子都如此。

阿尔波的房子每年要用赭石粉精心粉刷两次；龚德朗、莫拉和戛古的房子也一样。

哈！戛古的房子也酷似其人。

戛古是三年前来到白庄的。那是夏季的一个黄昏，村里人刚借着晚风扬完麦子。

他穿条短裤，拦腰系根绳子，光着脊梁。

嘴唇耷拉着，眼睛呆滞无神，但蓝蓝的，蓝蓝的；嘴里暴出两颗大牙。

嘴角流着哈喇子。

大家问他话，他只是回答：“戛古，戛——古。”声音一高一低，像头牲口。

接着，他像旱獭似的扭动起来，垂落的两手晃来晃去。

这是个傻子。

他得到了晚餐和草垫子。

从前，白庄是个镇子，埃克斯的老爷们喜欢来这里呼吸山区凛冽的空气。

他们漂亮的别墅早已倒塌，化为泥土；唯有这几户农民的住宅还完好无损。

不过，洗衣槽那边的野草丛中，还立着两根高高的石柱，表明那曾是村头的路口。

两根石柱各擎着一个地球，上面覆盖着青苔，还有几行拉丁字。

柱子之间大概曾经有扇铁门，保护着老爷们的这座“游乐园”。

老爷们的别墅有凸出的阳台，形似女神的腹部；昔时阳台上罗裙飘动，高跟鞋笃笃作响。

戛古简陋的小屋，盖在石柱后面四米远的荨麻地里，正好在两柱之间的中心线上。

戛古人倒挺灵巧，手脚一点不笨。他将一些汽油桶锯开，搭起了那间铁皮小屋。

他拔除了石柱脚下的杂草，所以现在可以看见，石柱上的一个月桂花环里，镌刻着一个显赫家族的姓氏。

这里离城远，路又难走。

南风刮来的时候，可以听见山下火车的长鸣和当当的钟声。

这就意味着天要下雨了。

当热雾消散之时，在城里可以望见白庄，宛似栖息在山冈上的一只鸽子。

去年，邮递员还经常爬山越岭来这里。

差不多每星期来一趟，因为小莫拉那时还在龙骑兵队里吃粮。

如今，他复员了，再也用不着写信，在场院上或地里，只要吆喝一声，他母亲就会从屋里跑出来问道：

“什么事？”

因此，邮递员不再上山来了。

除非有时在公证人那里签署的借据月底到了期。

可以说村里人并不希望他来。

从城里来的没什么好事：不是带来雨水的南风，就是催账的邮递员。

村里没有人不这样说。

大家更喜欢从荒凉的鹿儿山刮来的风，那风虽然像刀子般劲利，但惊飞鸟鹊，并且告诉打猎的老手们哪里有野兔的巢穴。

龚德朗家的房子紧靠田野，大家管它叫“孟日庙”。可能因为它孤零零的，又呈红棕色，活像一个隐修教士；也可能因为从前那里住过一位隐修教士。从外观看，这座房子真还像隐修教士的简陋居所，山墙又矮又厚，门洞又圆又低。是那类几乎靠拉皮条为生的隐修教士的居所，专门为那些逃离闹市、躲到山里来相爱的对对情人提供面包和床铺。

四座房子之中，龚德朗家的房子位置最好。它俯视大路，又望得见山上，紧贴那座直及谷底的陡坡的边缘。站在它的平台上，那条直通克雷芒特河的蜿蜒山路，尽收眼底。

早先这座房子是雅内的。白庄人数雅内年长，他三十岁就来到了这里。来这里之前，他在平原地区挨家挨户干活儿，但总是和其他雇工打架，三天两头不是进警察所，就是进诊疗所，所以谁也不愿再雇他。他老伴死在白庄，女儿是在白庄长大的。如今他八十多岁了，但腰不弯背不驼，身子骨像月桂树干一样硬朗，一张脸刮得似黄杨木般光溜溜的，两片薄薄的嘴唇微微张开；一对栗色的小眼睛，眼白像条蛀虫，朝天上一翻，就能预知风雨；朝树叶一翻，就晓得哪棵树要生病；朝人脸上一翻，就能识破谎言和诡计，因为他自己就是个诡计多端的骗子。他一直住在白庄，但大家不再称“雅内家”，而称“龚德朗家”。龚德朗是他女婿。雅内默认了大家的叫法。大家说龚德朗的房子，龚德朗的地，龚德朗的马，龚德朗的大车，龚德朗的干草。龚德朗完全取代了老丈人的地位。他肩宽背阔，五大三粗，满面红光，犁把扶得很正，一拳击在驴耳朵上，能把咬人的驴治得服服帖帖。

雅内心底里对女婿还是有点怨气，尤其怨恨女儿，正是因为她，这个后生才跑来取代了他。

在他看来，女儿有了男人之后，就没干过一件好事。

“从前，女人都会烧蚕豆汤。”

“这兔肉烧得还不错，可是你往酱里多加了九倍水。”

他巴不得看到女儿挨揍，常常撺掇女婿：

“要是我，非狠狠揍她的屁股不可。”

“嘿嘿，是啊。”龚德朗笑着答道。

肥胖的玛格丽特迈动两条短腿跑过来，嘴巴一噘，两道温厚的眉毛一扬，说道：

“瞧你，爹，总是不满意。”

今天，龚德朗来到平台上，一只手拿瓶酒和两个玻璃杯，另一只手当胸抱罐凉水，水滴沥到裤子上。他抬起脚踢正桌子，先放下水罐和杯子，又小心翼翼放下那瓶酒。

时值夏令，黄昏六点钟光景。洗衣槽那边传来歌声。

龚德朗晃动着胳膊，连伸两个懒腰，舒展一下锄地累弯了的高大身躯；伸完第二个懒腰，放一个响屁：这是习惯。

他坐下来，将桌子上一个杯子扒拉到跟前，举起酒瓶对着光瞧了瞧：里面还有半瓶青酒，瓶底沉淀着一层草秆、叶子和褐色的籽儿。这是他自己酿的苦艾酒，原料是山上的蒿子、托邮递员买来的茴香和家里的葡萄渣。

他伸出又粗又黑的手，捏住水罐的颈子，毫不费力地让罐口倾侧在酒杯上，一滴一滴往里面掺水。

他装好烟斗，吧嗒两口，忽然听见宁静的空气里传来轻微的辚辚声。

他探身透过山楂树丛朝山下的蓬什弯儿望去；那个地方望得最清楚。

他望见了。

“格丽特，他来啦。”他朝厨房喊道。

一辆带篷双轮马车朝山上驶来，在车辙里东摇西晃，就像马蒂格的货船那样颠簸。小矮马脖上的铃铛一路叮当响着。

这时，莫拉拖捆橄榄枝打台子旁经过。

“赛萨，来喝一杯。”

“你先斟上，我喂了羊就来。”

现在，马脖子上的铃铛响到了斜坡后面。最后马车出现了，像只蜗牛爬进了小土坪。那匹马对这里很熟悉，独自朝饮水槽去了，而来人则朝龚德朗家走来。

他走到台子边，吃惊地叫道：

“喂！你喝什么？”

语未落音又补充一句：

“来，让我也喝点儿。”

其实，桌子上早为他预备好了一只空杯子。在他到来之前，龚德朗就眨巴着眼睛对赛萨说过：

“这酒你看他爱喝不爱喝！”

来人是医生，红须发，蓝眼睛，左边眉毛特别长，又特别弯，像只犄角翘到额头上。毛茸茸的宽手背上布满棕色斑点。

“为你的健康干杯。”

医生喝口酒，抹一把柳林般的胡子，接着问道：

“怎么，哪儿不舒服？”

龚德朗推开酒杯，咳嗽几声，停了停又咳几声，将杯子扒拉到跟前，这才答道：

“是我丈人。昨晚得的病。我让他待在地头，水流过去了就招呼我一声。我在这边看着水闸。我知道他跑回过家两三趟，是回来喝酒。我看见他在月光下经过。可是后来，隔了好长时间也不见他有动静。

“我喊他：‘雅内！喂，雅内！’无声无息。他没回答。当时我没怎么在意。我了解他，准是躺在草地里睡着了，水不没到脑袋是不会醒的。他就是这样。我都对他说过上百回了：‘你总有一天要给淹死的。’他呢，总当耳边风……

“就这样，他没回答。我寻思，真邪门儿，怎么这水还没流到地头呢？不过，地里有不少该死的鼹鼠洞，事儿也难说。于是，我挥动铁锹挖开大渠的进水口。

“满渠的水浩浩流淌。小草和风儿一道歌唱。过了一阵，我又喊他。还是无声无息。这可真有点怪了。我绕地边下去。我没有灯。说实话，我挺担心。咳，万一他死了呢？人到了他这把年纪……

“他直挺挺躺在地头。水差一指就没到嘴巴了。一个人把他背下来，可真费劲。我两腿陷进水泡湿的泥土里，都到膝盖啦。

“我们把他抬到床上。打那时起，他倒是照样吃，喝，嚼烟草，说话，也能活动手指和半条胳膊。除了这些，简直成了个死树墩子。

“请你去看看他吧。”

“我就是为这个来的嘛。”

医生小口呷完杯子里的酒，理一下弯角似的眉毛，走进厨房。玛格丽特立刻亮开她那平板的嗓门张罗开了。

“赛萨，再来一杯吧。”

“再来一杯吧。”

医生从屋里出来。

“怎么样？”

“人老啦。他到底多大年纪了？”

“八十多了。”

“人到了这把年纪，下什么药也不大管用啦。给他洗洗肠胃吧。然后，他想吃什么，就给他做点什么。我看挨不了多少日子啦。他酒喝得不少，是吧？”

龚德朗微微一笑，看一眼赛萨，再看看医生。

“酒喝得不少吧？雅内老爹？也许他还算不上大酒鬼吧，不过每天六公升，稀松平常。六公升葡萄酒，还不算烧酒哩，烧酒归烧酒；也不算新酒、玫瑰酒、樱桃酒。晚上瘾头一上来，还得灌半瓶。”

“一切原因都在这里，归根到底。我看他拖不了多久啦。就他那身子骨，什么都可能发生。你们就照我的吩咐办，尽管我觉得，这是往木头腿上贴膏药。如果病情恶化，你愿意，就去找我，只不过路太远，我爬山来到这里，得花三个钟头。”

暮色已弥漫山谷，擦着山腰扩展。橄榄树林子在薄暮中絮语。

龚德朗送医生上车，抓住马嚼子说道：

“再见，万桑先生。”

“再见。别忘了给他洗肠胃。他可能会有点说胡话。酒鬼嘛，这在所难免，不要惊慌。”

车轮一开始滚动，医生连忙补充道：

“老实说，没有必要再去找我了。就听其自然吧，没办法啦。

“你知道马车可以抄加利代勒那条近路吗？”

“老年人病倒，有时比我们预料的还拖得长，”赛萨说道，“你就看布尔老爹吧，夏天兴的病，拖了一个冬天又一个夏天。大伏天的，人都发臭了，每天得给他换洗三次，屁股底下都生蛆了。”

最初是让雅内躺在自己房里，可是他一天到晚扯着细嗓门不停地喊玛格丽特，就像牧羊女呼唤羊儿似的。

一会儿叫帮他把脚伸出被窝，一会儿叫帮他把头垫高，一会儿说饿了，一会儿说渴了，一会儿又要烟草；玛格丽特只好用裁衣的剪刀帮他把烟叶剪碎。

他的房门口有三级台阶，玛格丽特不停地上上下下，脚都走肿了。

“把他的床搬到厨房里来怎么样？他兴许会感觉好些，我也不用受这份累。”

于是就把雅内安置到了炉灶旁。他一探身就能看见女儿在塞满柴灰的灶膛边做饭，看见劈柴舔着熊熊火苗。

他话多起来。

像泉水滔滔不绝，像从山底下深深涌流出来的山泉源源不断。

“……玛纳集市是全乡窑姐儿最活跃的集市。那里有‘扔袋’游戏，就是扔‘香袋’。你没扔中，就要去干草房棚与窑姐儿睡觉。

“……靠右手第一家客店，我常常去喝洋葱汤。我很准时，总是天刚透亮就赶到沃尔克斯，拿刹车把敲门。老板娘推开窗户问道：‘是你吗，雅内？’我敲门的声音她分辨得出来。她穿着内衣连忙来开门，我在她屁股上捏一把，啥也不要说就成啦……

“……她男人在那里，靠着草垛，弓着背，紧贴草垛藏在那里。我晓得他手里有根棍子。他说：‘是你呀，老流氓。’我怎么回答他的呢？我说：‘就是我，怎么着？如今进你家来歇歇脚也不允许了吗？’我抓起叉子说道，‘老子给你点厉害瞧瞧，你等着……’”

雅内说着轻轻地笑了，一对像钢一般闪光的小眼珠转向灶膛上的锅：

“玛格丽特，给我烧的那蚕豆汤，是预备今天吃还是明天吃？”

这天晚上，玛格丽特没来得及做饭。龚德朗晚餐就吃了个生洋葱头。他将它从中间一切两半，一片一片地剥开，往盐碟子里蘸一蘸，就放进嘴里嚼开了。

这是一个天气很糟糕的夜晚。罗纳河上起了风。龙山隘口可能被风暴堵住了。

整个白天，风就像汹涌的河水般扑向德洛姆盆地，一直刮进橡树林子，在粗大的枝桠间凄厉地呼啸，越刮越猛，腾跃上群山，一越过山冈，便夹带着团团树叶，向我们这里奔腾而来。

现在，风在白庄周围激流冲出的石缝里呼啸。

树木狂舞，暴雨阵阵，电光一闪，随即劈下一个炸雷。空气中散发着硫黄味，夹带着砂砾和冰雹。玻璃窗上闪着水光，散乱的爬山虎沉甸甸的枝叶抽打着窗子。

阁楼的门挣断了铰链，吱呀吱呀，仿佛有人在那上面踢翻了一窝小猫。天黑了，狂风怒吼，夜空像一个铁皮屋顶被冰雹砸得乒乓乱响。

屋子里掠过一声长长的呻吟。这不会是天窗发出的响声，天窗关得挺严实。是窗户吗？窗户只会砰砰响，不会发出呻吟般的响声。是门？门闩是新换上的。

那么，到底是什么？

龚德朗正在吃葱头，牙齿啃得葱头咔嚓响。他听见了这奇怪的声音，但没有听清。他停止了咀嚼。

又是一声呻吟，尖尖的，穿透了整座房屋，使房屋瑟瑟颤抖。

雅内直挺挺地躺在被窝里。他骨瘦如柴的身体，把灰色的被子拱起来，看似一条田垄。胸部那地方微微起伏，仿佛下面有只鸟儿在呼吸，又像有颗发芽的种子，正欲破土而出，展开幼叶，沐浴阳光——这是龚德朗一边啃葱头，一边想到的比喻。

这天晚上，雅内神色可怖：脸像花岗岩一样发青，鼻梁硬挺挺的，而鼻孔像打火石的边沿一样半透明；一只眼睛睁开在黑暗中，青石般闪烁，恰似光溜溜的大犁铧在黑油油的泥土里笔直耕耘，突然撞到一块大石头，砰然断裂爆出的火花。

“要是像布尔老爹那样，拖一个夏天又拖一个冬天，可怎么得了。”

雅内似乎在扳指头。他那是干什么？

他艰难地把双手伸出来，放在被子上，两眼定定地盯住它们，越睁越大，仿佛挺惊愕。右手慢慢地向左手挪动。

那是树枝生长般的运动，是植物的运动。

右手抓住左手，捏紧了，拽几下，仿佛要摘下左手上一只手套或一个环。接着，右手向床边伸去，依然那样缓慢，那样沉重，似乎被一种可怕的力量压住，却硬要举起一个巨大的重物；它伸到床边，做了一个扔东西的动作，扔完了再扔，不断重复，像机器似的。

龚德朗走过去，到了跟前，才看到那只手上粗大的静脉血管像拴小羊的绳子似的，不停地抖动。

“雅内老爹，你干什么？”

雅内老爹直挺挺的，像一尊木头雕的菩萨，两个眼珠子斜到了眼角。

“蛇，”他说道，“蛇。”

“什么蛇？”

“我对你说蛇就是蛇。我手指上的蛇。我手指里头有蛇。它们的鳞片嵌进了我的肉里，我都感觉到了。”

他发出松子被压碎般的笑声。

“我窥伺它们，等它们在指甲旁边一露头，我就一把掐住，再一揪，把整条蛇揪出来，顺手掼到地上。这工夫，另一条又从手指里头爬上来了，我又把它揪出来，掼到地上。这活儿需要很长时间，什么时候我手指里的蛇揪光了，我的病也就好了。”

龚德朗听得愣住了，看看雅内，又看看床前。什么也没有，只有几朵红色和蓝色的小花。

“你在说胡话。”他说道。

“我说胡话？你瞧……”

那动作又开始了，慢吞吞地，小心翼翼地。雅内想证明他说的话。攥紧的手伸到床边，张开来……雅内斜到眼角的眼珠子闪着胜利的光芒。

龚德朗什么也没看见，多少有点放心了。

“我说你是说胡话嘛。你脑子出了毛病。你手里根本没有蛇，这地上也根本没有。要是有蛇，我还看不见？我肯定会看见的。”龚德朗加重语气补充了这一句，就在光秃秃的石板地面拖着大头鞋离开了床前。

护窗板瑟瑟抖动，爬山虎拍打着窗子。那呻吟声从阁楼溜下来，融进厨房沉闷的空气里，透过洋葱味、冰冷的柴灰味和汗臭味，消失在摇动的门底下。

“我说胡话！你是什么东西，竟敢讲我说胡话？”

雅内冲着黑暗，自言自语着，早把龚德朗忘到了脑后，龚德朗不安地看着他，忍受着这些莫名其妙的话。

“你以为凭你那双可怜的眼睛，就什么都看得见？你有本事，风你能看得见吗？

“你只能看见树，除了树什么也看不见。

“你以为树是连同叶子笔直地栽种在地里，永远就这样待在那里。啊，我的可怜虫，要是那样，事情就简单啦。

“那张椅子底下你什么也没看见吗？

“就只有空气？

“你以为空气里面什么也没有？

“这么说，你以为空气里一无所有？

“就是说，这里有座房子，那里有棵树，那里有座山冈。可是，在它们周围呢，你以为什么也没有吗？你以为一座房子就是一座房子，就没有别的了吗？你以为一座山冈就是一座山冈，就没有别的了吗？

“没想到你竟这样蠢。

“那张椅子底下，我刚才扔了三条蛇：一条小绿蛇，是条草叶青，背上似乎有三根编在一起的燕麦秆子。不知道为什么，它从我手指里给揪出来时，对我说：‘哎，奥古斯特。’我不叫奥古斯特，是吧？我叫雅内。

“另一条又粗又短，是条棒槌蛇，嘴里咝咝响，发出笙一般的音乐。这是条雌蛇，肚皮鼓鼓的，快下崽了。它钻得我的手指可疼了。

“看，快看第三条，它爬到锅上喝牛奶去啦，正一大口一大口往下咽哩。

“你没看见？

“这样说，你硬是认为空气里什么也没有？

“你要是像我一样，手指里头也有蛇，就会明白了。

“空气里的东西，你要是有天夜里在一条路拐弯处突然劈面碰上了，现在你就会像我一样看见了。

“还有山冈，总有一天你会看清的。

“眼下嘛，它像牛一样卧在野草里，只露出脊背，蚂蚁钻到了它的毛里，到处爬来爬去。

“这会儿山冈在睡觉，等它起来了，看你还讲不讲我是说胡话……

“喂，喂！瞧瞧这条。啊！它那对像苹果一样溜圆的眼睛多漂亮！啊，这条的两只眼睛像人眼睛一样。它在肉里钻得真疼，哎哟……

“噢，好啦，它给摔到地板上去了，比一条斩成两截的蚯蚓扭曲得还厉害。瞧，它装死啦，这个小滑头……”

龚德朗一双眼睛骨碌碌转动，看看左边，又看右边，石板地面光秃秃的。

床边似乎在动。桌子底下果真有条蛇！一条大拇指粗的蛇，蜷缩成S形在睡觉。

“是那条长鞭子。”

“是条蛇。”

“是长鞭子。”

外面，狂风折裂橡树，刮断的树枝掉在牲口饮水槽里。风在壁炉里呜呜吼叫，扬起里面的柴灰，像羊群扬起尘埃。

龚德朗两步跨到门边。门闩的把手深深插进了墙壁里，他费了好大劲才拔下来。他朝正在羊圈里摘橄榄枝的玛格丽特喊道：

“玛格丽特，玛格丽特！下面那活儿还没干完？真见鬼！”

风刮了两天两夜，卷来漫天乌云，现在滴滴沥沥下起雨来了。锁住河流峡口的风暴终于撤走。它像一头公牛，蹚着野草，从泥泞的平原上腾跃而起，拱起壮实的脊背，跃过座座山冈，在长空中浩荡而去。

雨未歇。是密集的细雨，时急时缓，随心所欲，有时还夹带着金箭般的阳光，被风粗大的手拍得东倒西歪，但始终落个不停。它温暖的脚踏倒了地里的燕麦。燕子和乌鸦们在树林子里啾啁啼鸣。

天空宛似一片沼泽地，一摊摊污泥之间闪亮着清澈的水。

起初，若姆坐在橡树下磨镰刀，繁茂的枝叶挡住了雨点，看到女人们跑出来收晾晒的衣服，他直觉得好笑。但是，雨把他和别人一样赶回了屋里，他垫在屁股底下的麻袋已湿得像块海绵。

阿尔波站在厂棚口望着雨丝。他刚才正准备上山，这会儿又把骡套卸了。莫拉和若姆来找他。

雨丝滴沥。

林子深处，山泉合唱。

龚德朗弓着背，从雨中跑过来。

“这鬼天气！”

“每回我去运干草，总赶上下雨……”

龚德朗一开口就唠唠叨叨，几句话颠过来倒过去，先是骂天气，骂雨，骂足了又咒地，这才归到正题：

“这种事，我敢说，咱一辈子都没见过。他讲的那些稀奇古怪的事，也不知道哪来的。他那脑瓜和一般人的不一样。你们都想象不出。那就像小溪一样长流不断，但听起来，有时真叫人发怵。玛格丽特再也不敢一个人待在他身边，她害怕。走吧，上我家喝苦艾酒去，你们去看看就知道了。”

“这种事嘛，”若姆说道，“是属于……”

他话到嘴边打住了。也许他想向大家解释；也许他想，这种事还是先去看看，再决定说不说。

雨小点了。穿过打谷场就是龚德朗家，几个人说话间就到了。

雅内依然直挺挺，黑乎乎。他瘫痪了，瘦长的脖子像个木桩，一动不动；吞咽烟草汁的时候，黧黑的皮肤下的喉结一起一落；两眼死死盯住床对面墙上挂邮政日历的地方。

龚德朗拿出玻璃杯和苦艾酒。几个人像在打野兔时一样，说话悄悄的。

“他气色很不好。”

“快入土啦。”

“挨不了多少日子了。”

他们像恭维龚德朗一样，说他的老岳丈就要死了。

突然，雅内又要说胡话了。先是一声轻微的叹息，像在抡大锤之前先吁口气似的。几个人都没有思想准备，冷不防听见冲他们传来的这声叹息。

“草地上有几团烟雾，那是几个娘儿们。

“她们跳到了蓬茸茸的草上，头发全支棱着，像鸡冠子。

“一个个花里胡哨，绿的绿得像酒瓶子，皮肤上透着月亮，全是红蓝的小点子。

“都是一些娘儿们，有一个屁股大得像草垛，胸脯大得像酒桶，两个奶子一颠一甩的，呼啦呼啦比小旗子晃得还厉害。真他妈的……

“她们在掐死身上的跳蚤哩，舌头伸在胳肢窝下舔来舔去，抓把薰衣草挠痒痒，指甲抠得嘎嘎响。

“我寻思，那身子怎这么痒？我悄悄地、不慌不忙地走拢去，两脚乱跺，发出了音乐哩。

“有一个模样儿像位太太，在小溪边喝水。她用草帽舀起水来喝，嘴巴伸得有一拃长，露出雪白的牙齿，屁股蛋儿一撅一撅的，像随风晃荡的苹果。

“我伸手拍那屁股蛋儿，她尿了我一手，这臭婊子……”

“这只蛤蟆在柳树洞里搭了个窝，从洞里蹦出来。

“它有一双人手，一对人眼睛。

“原来它是一个受惩罚的人。

“它用树叶和泥巴在柳树洞里搭了个窝。

“它满肚子毛毛虫，但它是个人。

“它吃毛毛虫，但它是个人，从它那双手就能看出来。

“它抬起那双小手，摸摸肚皮，自我估量道：‘是我，没错，是我。’肯定了它是自己，就哇哇哭起来。

“我见过它哭。它的眼睛像玉米粒儿。它一边簌簌掉眼泪，一边嘴里奏音乐。

“有一天我寻思：‘雅内，谁知道它作了什么孽，受到这样的惩罚，落得只剩下一双手和一对眼睛像人？’

“这种事儿，柳树如果通人语，准会告诉我。我试了试和柳树交谈，白搭。柳树聋得像个闷罐。

“这蛤蟆和我，我们俩还挺合得来。一直相处到圣米歇尔节。它常到草地边来看我。

“我对他说：‘喂！伙计，有什么新鲜事儿？’我浇地，它总跟在我后头。

“有天夜里，我听见它来了，在泥里爬，嘴里咕噜咕噜叫，为的是招引虫子。

“虫子果然来了，还跳着舞哩，肚皮和脊背乱晃乱扭。其中有一条像白肉肠那么粗，另一条像根烂指头。

“蛤蟆把它的爪子伸到我的脚背上。

“它把那双冰凉的小手放在我的脚背上，我可不喜欢。它倒是挺习惯，这捣蛋鬼。每次我来到地头，提防也白搭，那双凉冰冰的小手总是伸到我的光脚背上。

“久而久之我烦了。有一回，它刚跳出窝，我就碰上了它。

“它咕噜咕噜轻轻地叫着，抓住一条黑虫子吃起来，牙齿上沾着血，满嘴都是血，而玉米粒似的眼睛掉着泪。

“我对自己说：‘雅内，这可不是基督教徒该吃的东西，这下该你见义勇为啦……’

“我一锹把它铲成了两截。

“它两只手满地乱抓，带血的牙齿啃着泥土，嘴里塞满了土，玉米粒似的眼睛里噙满了泪，躺在那里……”

若姆遇上野猪，而他的猎枪装了带十粒铅粒儿的霰弹，便赶紧隐蔽起来。

此刻他的神情就有点这样。阿尔波和莫拉则瞧着门外。

龚德朗在门外，用眼神向他们探询。四个人面面相觑。

“咳！这一下什么事儿都摊上啦。”

夜里刮了十个钟头风，早晨豁然晴朗。朝阳一露脸，就透过一尘不染的空气，照亮了远处的山峦，照亮了刺柏林和百里香。大地仿佛在夜里向前移动了似的。

“这阳光一伸手就能摸到似的。”龚德朗想道。

晨空寥廓，一碧如洗。根根野草，轮廓分明。青青的田野上，嫩绿、浅绿、深绿十分分明：被风儿吹起的一片橄榄叶子，落在一丛琉璃苣上；生菜比菊苣更加嫩绿；在那块地头，肥美的草油黑油黑的，比美人痣上的毛还茁壮，那是有人曾在那里抖过磷肥袋子；松树梢头的针叶，似乎也历历可数。

但有样东西异乎寻常：寂静。

昨日，天空还是喧嚣的竞技场，战车滚滚，铁马嘶鸣，雷霆怒吼，狂风呼啸。

今天，万籁俱寂。风驰过了山乡，奔到大地的另一边去了。

听不到鸟儿啾啁。

寂静。

连水也停止了歌唱。不过凝神细听，还听得见它悄悄的脚步声：它踮起雪白的小脚尖，款款细步，从草地溜向小径。

龚德朗看看初露的晨曦，开始准备干粮。他要去山里，去“封德加兰”那边的橄榄园锄地。路很远，要绕过三座山，一直绕到那边，绕到它们背后。这三座山横卧于溪谷之间，岿然不动，要从它们的腰间爬过去。

他带的午饭有：一块裹着香喷喷硬皮的鲜萨瓦干酪、六瓣蒜头、一小瓶用纸团塞住的油、用一个旧药瓶盛着的盐和胡椒、一片火腿、一个大面包、一瓶酒、一条用葡萄叶子包住的烤兔腿和一小罐果酱。他把所有这些东西一股脑儿塞进皮褡裢里。

玛格丽特在厨房里一个劲儿拨炉膛里的火，赶着煮咖啡。

寂静像铅砣般沉重。在这清晨，只听见龚德朗穿着带钉的大头鞋走来走去的声音。

往常，起得最早的是若姆家的鸽子，晨曦伸出轻柔的手逗弄着它们。可是今天早晨，那鸽子棚死一般寂静。

龚德朗看一眼挂钟：才四点钟。

“这钟走得准吗？

“我前天按日头对过的呀。”

不过，这寂静中倒是飘溢着馨香。是忍冬和染料木袭来阵阵馥郁的芬芳。再说，何必为大地的动静去费心思呢？大地想干什么就干什么；它长大了，知道自己该干什么，它过着自己的小日子……

“今天听不到什么声音。”雅内说。

“好像一切都死光了。你听，一点动静都没有。

“这可不妙。要知道，孩子，一旦出现这种情况，那就……”

“就什么？”

“这种事儿不能讲。”

雅内两眼盯住邮政日历。

龚德朗将干粮袋挂在铁锹把上，往肩上一扛，走下台阶，打声唿哨唤他的狗。还在月季花丛下睡觉的拉布里钻出来，伸个懒腰，打个呵欠，闻一闻褡裢，便跟着主人上路了。龚德朗听见身后狗的细爪踩出的轻微响声，心情十分愉快。

莫拉家的草地横跨山坡，过了那片草地就几乎没路了。小路像一条涓涓细流，渐渐淹没在乱草丛里。

龚德朗要去的橄榄园，是去年从绿石村一个人手里买下的。那人想谋求一个邮递员职位，急需钱上下打点。

橄榄园在莱亚纳地界内，非常偏僻。不过，他没花多少钱就买到了手，而且树上结的果卖了就够本了。算起来，只要花点力气，吃油烧柴就不用愁了。就是远了点儿，又没有直达的路。要穿越洼地，沿着藤萝和荆棘丛生的涸涧而行，再绕过几座山冈，爬过怪石嵯峨、荒僻可怕的隘口。

龚德朗寻思，下回再来，最好走坦盖特那边的山梁。虽然路陡点儿，但沿途有好景致，行走起来爽气，还听得见山鹑婉转啼唱。这边呢，静得叫人心里发毛。幸好有条狗做伴儿。

爬到比玛荣山顶朝下望去，龚德朗的橄榄园就像丛林中一块癞疤。四周草木浓密茂盛，郁郁葱葱，而那片橄榄树下的草，被龚德朗锄得干干净净。

橄榄园斜卧在肥沃的山腰，山上流失的泥土都冲积在这里。在它的下方，山洪在土地上冲刷出一条窄窄的深沟，黑乎乎像深渊似的冒着凉气。一条古罗马时代修建的水渠，横跨于深沟之上，两根柱子瘦骨嶙峋，布满尘土，耸立于橄榄树之上。

龚德朗先在一棵最茂密的刺柏树下挖个洞，挖到黑土时，便把那瓶酒放在里面，让它冰凉。然后，他挑选一根粗粗的、蚂蚁不往上爬的枝桠，挂好干粮袋，这才卷起袖子开始干活儿。

铁锹在乱石地里欢快地响起来。

橄榄树的影子渐渐缩小；刚才还像一块布满金色花朵的地毯，铺在整个果园的地面上；随着阳光越来越直射，树影碎裂了，渐渐变圆，现在只剩下树干周围灰色的点子了。

已到晌午。

铁锹停下了。

午休。

空中有许多苍蝇，嘤嘤的声音仿佛有人在切生果子。龚德朗平躺在地上，酣然睡着了。

他猛地醒来，静静地翻个身又昏昏睡去，不一会儿又醒了，便一挺腰爬了起来。

找铁锹时，他和大地的脸孔打了个照面。今天他为什么这样惴惴不安？

野草瑟瑟抖动。枯草下，一条并不害怕铁锹声音的蜥蜴，却也惊惶地抖动着粗壮的身体。

“啊，龟儿子！”

蜥蜴像一块弹跳的绿色石头，向前猛跳几下，然后停下来，弓起四条腿，吐出红红的信子，呼哧呼哧喘气。

龚德朗憋足了劲，两条胳膊鼓起来，力气全集中到紧攥铁锹把的一双大手上。树木都为之颤抖。

他要做禽兽的主宰，做掌握生杀大权的禽兽。他嘴里吐出游丝般的气息。蜥蜴爬近了。

一道寒光，铁锹铲了下去。

他又朝那扭曲的两段躯体狠狠地踹几脚。

现在，地上只剩下一小团战栗的肉酱了。鲜血染红了那一小块泥土。那原是长着一对金色眼睛的蜥蜴头，只剩下信子，像一小片粉红色的草叶，虽然神经被踩碎了，已感觉不到痛楚，但还在微微战栗。一条长着圆爪子的蜥蜴腿，在泥土里一抽一抽的。

龚德朗直起腰。铁锹口上沾有血。他粗粗地喘息着，深深吸了一口碧蓝的空气，才把心头的恶气平息下去。

突然，羞惭之感袭上他的心头。他用脚扒拉泥土，将蜥蜴的尸体埋住。

啊，又起风了。

树木窃窃私语。

狗不见了。大概寻觅什么野味去了。

不知为什么，龚德朗感到浑身不自在。他并没有生病，只是感到不安。这不安像块石头堵在嗓子眼里。

旁边一大丛错杂生长的接骨木、忍冬、铁线莲和无花果树，手舞足蹈，吵吵嚷嚷，比其他所有树木都吵得更凶。他转过背去，不愿意看它们。

锄地的时候，他有生以来头一回想象：这地皮下正涌出一股股鲜血，和他的血液一样的鲜血；有一种狂暴的力量在扭曲眼前的树枝，把杂草抛到空中。

他也想到雅内。为什么想到雅内？

他想到雅内，朝埋住死蜥蜴的那一小堆土眨眨眼睛。

鲜血，神经，痛苦。

他给鲜红的、和他的血肉一样的血肉造成了痛苦。

这么说，他的每个动作，都给他周围的一切，给这片土地上的一切造成痛苦吗？

他就是植物和动物的痛苦的根源吗？

他每砍倒一棵树岂不都是杀生吗？

砍树是杀生。

割草也是杀生……

这样说来，他岂不无时无刻不在杀生？他岂不像一个滚动的巨桶，压死了周围的一切吗？

难道万物都有生命？

这一点，雅内比他先明白。

一切都有生命：动物、植物。还有什么呢？可能石头也有生命。

那么，只要他动一下手指头，痛苦就会像山涧一样流淌不断？

他直起腰，拄着铁锹把，打量着遍体鳞伤的大地。

渡槽里没有水，风从里面刮过，发出洞箫般凄切的声音。

这大地啊！

这大地向四面延伸，辽阔、肥沃、深沉，载负着树木、山泉、河流、小溪、森林、山岳和丘陵，还有在电光中旋转的座座城池，还有紧紧附在大地毛发上的芸芸众生。这大地，要是它是一个生物，是一个躯体呢？

要是它也有力量，也有恶念呢？

要是这个庞然大物会滚过来，把我压得粉身碎骨，就像我把蜥蜴踩成了肉酱一样呢？

我现在正在锄地的这条山沟，这座山间皱褶，要是它被我的铁锹铲疼了，动起来呢？

一个躯体！

一个有生命的躯体！

生命就是运动，就是呼吸……

这渡槽的声音，这树木的歌声。

有生命？当然有！它正在动哩，这大地！十年前它大动过一回，山下埃克斯一带的村庄都倒塌了，朗贝斯克和其他村庄都倒塌了，只剩下马诺斯克教堂的钟依旧在钟楼上敲响。

龚德朗思潮滚滚，犹如暴风雨。

它冲垮了他的全部理智。

它使他感到痛苦。

它使他产生幻觉。

地平线上连绵起伏的山岭，正在慢慢伸展像蛇一样盘曲的身体。

这是一个巨大的生命，运动十分缓慢，但其力量一旦释放出来就势不可挡，它会使大地庞大无比的躯体动荡不宁，并且向山岭和峡谷扩展，使平原起伏不定，使河流变得弯曲，使大地长满草木的厚实肌肉高高地隆起。

等会儿它就要报复我啦，它会把我抛到高空，抛到连云雀也透不过气来的高空。

龚德朗猛地一伸手，摘下干粮袋，迈开大步，翻过山冈朝家里跑，连狗也没敢招呼。

他把一切告诉了若姆。

丝毫不显得难为情。

再说，打这以后，小麦田里，苜蓿地下，到处都发生了怪事。那三棵丛生的柳树，昨天还非常平静，现在却冲着地面一个劲地吼叫，就像一条想咬人的狗。

不能再这样下去了，得大家凑到一块来合计合计。

大家围着苦艾酒讨论了两个晚上。

举足轻重的首先是若姆的意见。可是他不大开口。莫拉和阿尔波也在，双肘支着桌子，手托着下巴。

若姆最了解周围的座座山冈，又识文断字，不仅进城的时候看报，平常还看书哩。

他甚至有一本《拉斯帕耶①家庭医药指南》。那可是顶顶有学问的书。

所以若姆的意见举足轻重。

然而，这会儿他很少开口。他不说“这绝不可能”，而大家盼望的就是他这句话。他没这么说，却只顾摇头，长长的胡子里喘着粗气。

“得看一看。”他终于开口说道。

“你觉得可能？”

---

① 拉斯帕耶（1794—1878），法国生物学家。

“得看一看……”

他提议明天带着枪去那里。

大家都同意。

谁去呢？

“我去，”若姆说，“还有谁？”

其他人似乎都犹豫不决。

“我倒是很想和你一块去，”莫拉说，“可是很不凑巧，我要清扫马厩。”

阿尔波只顾看着酒杯。

最后商定让若姆和龚德朗去。另外两个人留在家里守护女人。

“其实，我们留下来的也一样孤单。”阿尔波说。

隔着厨房的线帘子，传来雅内尖细的声音：

“我说胡话？哼！我说胡话？鬼东西，你看见过风吼没有？还有空气后面，你知道空气后面有什么吗？”

年轻的莫拉在台阶半中间停住，低声说道：

“你该让他闭上嘴。这些话太不吉利。”

他们什么也没看见。

整整一天他们趴在灌木丛里，被盘曲的枝条遮得严严实实；

只有从草丛里伸出的双筒猎枪，表明有两个活人躲在那里。

今天，铁线莲还是铁线莲，无花果树还是无花果树，大地静止不动。只有一只小松鼠，犹豫一阵之后，突然神气活现地爬上水渠，抓住渠壁跑了过去。

整个漫长的一大，两个人没说一句话。

若姆嚼着蘸胡椒面的薄荷秆子。

龚德朗不时咳着嗓子眼里的黏痰，若姆的手势叫他别出声。

草木葱茏、芳香馥郁的大地，躺在黑洞洞的枪口下。

暮色逼得夕阳步步后退。

黄昏的风吹弯了野草。

夕阳跌到鹿儿山后面去了。

若姆碰碰龚德朗的胳膊。他们在乱石中爬着退到树林里，才大步流星返回白庄。

阿尔波和莫拉在橡树前面等他们。

“怎么样？”

“啥也没看见。”

若姆摘下嘴里的烟斗说：

“去橡树底下谈吧，没有必要惊动女人们。”

到了僻静处，若姆似乎胸有成竹了，话格外多起来：

“依我看，事情不妙。我跟你们说去看看之前，也就是昨天早晨，我自己就遇到一件事，让我琢磨了老半天。你们知道我去打野猪了吧？当时我藏在马南山坡的那个老鸽子棚里。太阳刚出来时，我听见树叶上一阵轻微的沙沙之声。‘这是头小的。’我心里想着，就悄悄地把枪从小窗里伸出去，等待着。四周全是矮橡树，还有一块没有树木的圆形草地。我盯住野猪必经的小路口，看见出来一个黑乎乎的圆球似的东西，还奇怪地又蹦又跳哩。我暗自说：‘这不是的。再等一会儿。’

“那东西还是又滚又跳，不一会儿在清晨的阳光里躺下了。这下我看清楚了，是只猫。

“一只墨黑的猫。

“这倒没啥稀奇的。它趴在地上，抬起嘴巴，对着天上洒下来的阳光，然后仰卧着，伸出爪子在草上挠来挠去，把草叶子抓在手里玩耍。反正是猫的那套把戏。

“我一直用枪瞄准它。我之所以没有开枪，是因为我知道，或者说我感觉到这里面有名堂。

“我的感觉没有错。过了一会儿，它四条腿直立起来了，立得直极了，它的表演也换了个方式，往这边走三步，又往那边走三步，然后对着山中间那个隘口站住不动了。通过那个隘口，我们这一带全看得一清二楚，一直望见迪涅。猫喵喵叫起来。我把枪口一抬，悄没声息地把枪慢慢收回来。我蹲在黑乎乎的鸽子棚里，双手抱膝，蜷缩着身子，因为猫的这种叫声，我以前听到过。”

黄昏的空气仿佛凝固了，静得出奇。若姆吧嗒两下烟斗，烟斗已经熄灭。他打亮打火机把它点燃，一边吧嗒，一边看看龚德朗，看看莫拉，又看看阿尔波。阿尔波手里摆弄着一根麦秆儿。

“一九〇七年的地震，”若姆接着说，“发生在一个星期四。那个星期一，我去捕山鹑，就看见过猫。

“圣庞卡斯下暴雨那回，小溪冲走了马尼昂家的磨盘和摇篮；孩子的母亲想把摇篮捞上来，也被卷走了。那是个星期二；早在星期天，我也看见过猫。

“还有，莫拉，你爹在烧炭工的棚子里被雷劈死那回，我两天前就看见过猫。

“还有一回我看见过猫，听见它喵喵乱叫，两天后我打开谷仓门，发现我老婆吊死在里头。

“我听龚德朗讲了他碰到的事，就想起了猫。现在我告诉你们，要当心，每回猫一露面，不出两天，大地准要发怒。

“对这些山冈，可得提高警惕。石头底下尽是硫黄。要提供证据吗？安贝死谷流淌的山泉水，喝一口就泻肚子。山冈全是有血有肉的，活生生的，只不过我们不了解。”

烟斗又熄灭了，若姆忘了像平常那样吧嗒陶制的烟管。他转向龚德朗说道：

“你嘛，也许能弄清事情的奥妙。有雅内嘛。我这话不是讲你怎么样，而是讲一切都是由他首先发现的。

“既不是讲你怎么样，也不是讲他怎么样，一切你不知道，他也不知道。

“明白吗？这种事总是由一个人首先发现的。他比别人看得远。一个人比其他人看得远时，他就准有点神经错乱。这往往觉察不出来，只有那么一丝丝迹象，但从这时起，那就完啦。在他眼里，马不再是马，草不再是草。一切我们看不见的东西，他都看得见。我们平常所看见的东西的轮廓，在他眼里都烟雾般飘浮不定，若有若无。你们还记得他说的有关蛤蟆的那番话吗？

“那就好像有个人站在旁边，对人们解释一切，剖析一切。

“咱们碰到的这种情况，有好多事情已经明白了，其余的嘛，雅内会告诉我们的。

“他肯定了解事情的奥秘。他一直非常接近土地，比我们更接近。他能叫蛇睡觉，了解许多东西的肉的味道，譬如狐狸肉、獾子肉、蜥蜴肉、喜鹊肉，等等。他会烧甜瓜汤，会往鳕鱼羹里掺巧克力。血液是从我们所吃的东西生出来的，脑浆就是血渣滓。

“龚德朗，你去听听他说些什么，尽量听明白，这对我们会有用处。”

女人们叫吃晚饭了。

天一黑，白庄就只看见在树下闪烁的几个小小的灯火。

山冈上升起了一大颗星星。

男人们归来了。

“别挤。”阿尔波见年轻的莫拉总是贴近他的胳膊肘，小声对他说道。

第二天清晨，没有风，四下里依然很平静。澄澈的天空，飘着一片紫罗兰般的浮云。太阳穿过那片浮云，冉冉上升，宛似一个红红的石榴。

空气灼烫，像病人呼出的热气。

年轻的莫拉稍稍打开棚屋的门，看看这座房子，又瞅瞅那座房子。它们都像劳累不堪的牲口，还睡得沉沉的，没有半点声息。只有篱笆后面龚德朗家的屋子里，传来阵阵轻微的咕哝声。

他从棚屋里出来，到了打谷场上，走两步，登上一个麦碾子，想看得清楚些。龚德朗家的房子睁着眼睛，在屋里走动的玛格丽特圆圆的影子，恰似闪亮的眼睛里滚动着的眸子；打开的门口流出一股刷碗水，恰似淌着口涎。

莫拉拿定了主意，趿着椰叶纤维编的拖鞋，悄没声息地走过来。

“龚德朗！”他压低嗓门叫了一声，但这叫唤在清晨的寂静中还是听得挺清晰。

龚德朗从半开的门里探出头，食指贴在嘴唇边嘘了一声，似乎还听了听厨房那边的动静，这才蹑手蹑脚走出来。

“怎么样？”莫拉问道。

“老样子。折腾了一夜，搞得我脑瓜子都要炸了。我努力想记下来好告诉若姆，可是那就像流水似的，想抓也抓不住；又像一群奔跑而过的羊，吆喝声、铃铛声响成一片，每头羊的眼睛里都映出一个景色。从他的话里我倒是听出了一些事情，可是怎么也理不出个头绪……跟你说吧，我脑子里就像有窝蜂嗡嗡乱叫。不过，我记得他提起过猫。玛格丽特正在喝咖啡，匙子搅得叮当直响，我叫她别弄出声音。老爷子的声音轻极了，就像一把油壶裂了缝，油从裂缝里渗出来一样。他是在心里自言自语，你明白吗？我使劲竖起耳朵想听个明白，她娘的挂钟又当当敲起来。于是我溜到床头后面，就听见他说：‘喵呜，喵呜，这身毛倒挺可爱，可你的屁股冻在山冈上啦，去给你自己做张人的床吧。瞧，你的爪子像犁头，你的舌头像锉刀。是雅内在同你闲聊呀，看我不用柴刀砍掉你的爪子啵。’”

“你听准他这样说了吗？”

“听准了。我还记在一张破报纸上哩。”

“他兴许有某种药呢？”

“药？”

“是啊，治猫闹鬼的药。某种小玩意儿，我也说不清，例如马鬃辫子、山羊爪子、鹦鹉毛之类的东西，你知道，反正是……”

“可能有，仔细想想，可能是有的。要到他藏东西的地方去看看，就是柳树旁他放酒瓶子的那地方。”

玛格丽特稍稍打开门，伸出头来。她脸上一块块白，白得发亮。她脸色苍白时就是这样。她对她男人做个手势说：

“快来，快来……”

只剩莫拉一个人伫立在黎明之中。

晨空像一块巨大的蓝色磨石，磨着知了的利嘴；紫色的晨雾宛似泥流，开始在谷地间流动。

越过屋脊，可望见山冈上阿尔波家的草场。割倒的牧草横七竖八地散在地上，没人想到去翻一下或收回家。眼下，谁也顾不上这个。

莫拉往家走。他穿着椰叶纤维拖鞋，踏着厚厚的尘土，无声无息，像个移动的影子。他走到若姆家门口时，门吱呀一声开了，亚历山大站在暗影里，只看得见他的胡子和眼睛。

“怎么样？”他问道。

莫拉对他讲有关药的想法。

“不要往这上头去想。办法嘛，我知道，等到该讲的时候，我会讲出来的。”

接着，若姆压低声音补充道：

“最要紧的是，不要信雅内那一套。行啦。”

他说着关上门，里面传来插门闩的声音。

阿尔波家的一扇护窗板推开了。他也在窥伺。

令人恐慌的一天正悄悄地来到，一小时一小时地迫近。

他们几个人去看了雅内藏东西的地方。那里只有两个空酒瓶、一片巧克力糖纸和一截奇形怪状的枯根。莫拉把枯根装进兜里。若姆耸耸肩膀说道：

“办法要靠我们自己去找。我告诉你吧，柏树根柏树籽这些乱七八糟的东西，根本不管用。办法吗？就在我们自己的双臂里和脑子里。特别在我们的双臂里。山冈就像烈马一样不好对付。你知道，对它们我是了解的。我在四周的山山岭岭打了三十年猎，对它们的脾性早摸透啦。哪个旮旯我们没提防，那个旮旯就出问题。我们应该马上挺起胸膛，甩开膀子，和它们对着干。谁将取得胜利？我们，毫无疑问。眼下正经历着艰难的时刻，但我敢打赌我们会取得胜利。古往今来都是这样。不过要想取胜，就不能消极等待。”

尽管这样，莫拉还是把那截树根放进了口袋。阿尔波说：“给我看看。”他看了看。那就像一个用刀子削得光光的小叉子。他小声说：“留着吧，没准能用上……”

最终还是该让女人们知道这件事。她们看到男人们撂下地里的活儿不管，成天围着若姆嘀嘀咕咕，早就感到奇怪了。“原来如此。”她们说。于是，每个人都讲自己遇到的怪事，这个说看见猫，那个说听见树林里有人说话，巴贝特说她家的壁柜竟像人一样独自嘟嘟囔囔。玛格丽特也知道了所发生的事情，但这个女人，必须穿透三层厚厚的脂肪，才能触到她敏感的皮肉。

天一黑，家家户户就都把门拴得严严实实。

若姆仔细地把三支双筒猎枪装上火药。他那又高又黑、瘦得像根葡萄藤的女儿，用戥子为他称火药。“比打野猪的分量更足一点。”姑娘称好了，就倒在手心里，递给父亲。然后，她检查了门是否上了闩，拿块抹布堵上洗碗池的下水口，把整个家从地窖到阁楼，上上下下全看了一遍，直到父亲喊“郁拉莉，睡吧”，才歇下来。

巴贝特在房里点了盏小灯，钻进被窝，膝盖顶着头，缩成一团。丈夫脱了衣服正准备上床，她伸出半个头来说道：

“阿弗洛迪，库房门关好了吗？用犁把门顶住就好了……”

这话她唠叨了一遍又一遍，阿尔波没法子，只好去一趟。但他还没出房门，巴贝特就穿着内衣从床上跳下来：

“阿弗洛迪，等等我，别撂下我一个人，我跟你去！”

莫拉把自己的床搬到母亲房里，小帮工哭哭啼啼跑来敲门，说他不愿意一个人睡在阁楼里。莫拉让他进来，又在地上摊了个床垫子。

龚德朗和玛格丽特坐在雅内床头，目光呆滞，口里发苦，心里充满不安、神秘和恐惧。

令人恐慌的一天正在夜色中悄悄来到，一小时一小时迫近了。瞧吧，现在它已在山巅露出了曙色。

太阳一下子跃出了地平线，舞动着火焰的臂膀，像一个斗士腾入天空。

所有人全都冲到屋外，男人，女人，两个小姑娘，还有猎犬拉布里，全都那样迫不及待，从半夜起就眼巴巴盼望黑夜快快过去，白昼快快来临。戛古靠着柱子，在一旁观看。

大家来到橡树下，全都默默地望着若姆。若姆明白他是头儿。这一点他早就心里有数。事实上也确实如此。他挎着两支枪；郁拉莉站在他身后，挎着她自己的枪。她挎的不是女人用的卡宾枪，而是笨重的双筒猎枪，两边都上了膛。她腰间还挎了个装满霰弹的挎包。

巴贝特也来了，一只手牵一个小女儿，像一棵挺拔的果树带着果实在行走。两个小姑娘洗得干干净净，还扑了点儿粉，穿着漂亮的裙子。巴贝特领着两个小女儿站在那儿，自言自语道："真是天有不测风云……"

若姆把男人们拉到一旁。

"让女人们待着吧，"他说道，"这么办吧：我上萨布莱特，想办法弄清那里究竟有什么名堂。莫拉去监视布尔纳那一带，龚德朗监视于巴克，阿尔波去阿德莱。监视什么呢？一切现象，不论巨细，都要留意，例如空气的轻重，气温的凉热，风云的变幻，都可能显示出一些迹象。咱们动身吧……”

他说罢立刻大步流星走去，刚要钻进草丛，又回过头来，双手拢成喇叭状喊道：

“问题往往出在我们没有留意的地方，要多动脑筋、眼观八方，尤其见到了猫，千万别开枪。”

话音一落，他就钻进了高高的草丛。

男人都走了。

戛古这才从石柱之间走出来。

他到了谷场上，朝妇女们走过来，晃动着胳膊，脑袋前伸，像个旱獭似的蹦蹦跳跳。

他耷拉着嘴唇，淌着口水，下巴上全是黏涎子，脸上一露微笑，鼻子眼睛便皱到一起，像是做鬼脸。

现在他在土坪上拙笨地跳着，同时晃动着胳膊，两只脚一只提起，一只落下，一只提起，一只落下，接着又甩胳膊，四周扬起一片蓝褐色的灰尘。

他们在通往白庄的各个路口一直监视到中午。

什么也没发生。猫没出来，别的什么也没发现。难道灾祸一定从路上来吗？在人们的头顶上，在头发与云彩之间，不有的是降灾的空间吗？

这时，龚德朗就在观察云彩的形状。

有一朵云沉重地贴在山脊上，宛似天上一座山，一个天上之国，一个辽阔而荒凉的国度，有暗影重重的峡谷、阳光斜照的圆丘和层叠的悬崖峭壁。

真是荒凉得没有人迹吗？谁说得准？那上面或许会有天上的山民，胡子又黑又长，牙齿阳光般粲然。那是人间之上的天国……

龚德朗一直在观察云彩，寻找暴风雨即将来临的迹象，寻找预示青色冰雹的灰白。不过，现在他顾不得想冰雹。

冰雹，那意味着小麦倒伏，水果被砸烂，牧草遭摧毁，还有……现在他所监视的，是威胁他自己而不是威胁牧草的灾难。牧草、小麦、水果，砸了活该，最要紧的是他自己的性命。

他又听到雅内的声音："你这个坏家伙，你知道空气后面有什么吗？"

他们就这样一直监视到白庄有人喊他们。

只不过是喊他们回家吃饭。

整个上午平安无事，大家放心点了。特别是那可口的白菜土豆汤一落肚，使周身的血液热乎起来，满载着希望立刻流遍了肉体和大脑里的条条溪涧。

“你等着看好了，”阿尔波说道，“咱们准是虚惊一场。”

“还是提高点警惕好，已经有了预兆，这是错不了的。不过，直到现在看来还是自己瞎折腾。”

他们往橡树下一躺，开始睡午觉。

“喂！那边别闹了好不好。”他们冲戛古喊道。戛古拿了个空油桶在当鼓敲。他们向他扔石子，戛古才不再闹了。

是寂静惊醒了他们。四下里静得出奇，比平常静得更深沉，比他们习惯的寂静还要静。

有什么东西离去了，空气中留下一块空白。

“喂！”龚德朗不安地喊道。

大家马上爬起来。白庄仿佛缺少了一个微微作响的东西。究竟是什么呢？

这事儿就这样突如其来地降临到他们头上。他们转动脖子四下张望，仔细地、久久地打量他们熟悉的每样东西：碾子，钉耙，犁，风车；犁，钉耙，碾子……

一样不少，像往常一样。

然而的确少了什么东西。

猛地，他们一齐转头向泉眼那边望去。

泉水停止了流淌。

他们正在试最后的办法，若姆赶到了。

龚德朗把泉水管子含在口里，嘴巴被那铁管子塞得鼓鼓的，使出吃奶的力气想把水吸出来。每吸一口，就听见岩石深处咕噜噜响一阵。他很快退到一旁，铁管子只流下几滴沾在上面的口水。

几个人看来全都试过了，嘴唇都沾着铁锈。

“太深了，”若姆说，“吸是吸不出来的。也难怪，挖这口井的时候，你们还都没有来呢。这管子顺着缓坡一直铺到了那上边，瞧见了吗？差不多到那棵矮无花果树了。那里有一汪地下水。现在不出水了，要么是管子堵住了，要么是管子里没有水。那么，你去吸有什么用呢，伙计？明天上午我们把管子挖出来。”

上午，他们把整个管子挖了出来。

问题不出在管子。

于是，他们寻找石板，在刺柏树底下找到了。他们把石板掀开，抬到一旁，趴到洞口倾听。根本听不见流水声。

“有时，”若姆说，“这水没有任何声音，它慢慢从地底渗出来，最后积成湖，够咱们喝一辈子的。我下去看看。”

洞并不很深，转眼间他就到了洞底。上面递给他一盏灯。

“喂，”阿尔波问道，“怎么样？”

若姆的声音随着油灯的烟一起升上来：

“水没了，全都干啦。”

“这可怎么好，”玛格丽特说，“咱们怎么煮饭烧茶呀？

“水桶里还剩下一点水，我去把提到下面喂羊的水提回来。

“若姆呢，他说什么来着？他没有主意吗？他也不知道能不能找到水？

“咱们嘛，光喝酒也行，能对付过去，可是爹怎么办呢？

“这点点水，今天还凑合，明天大概也过得去，再往后呢……”

早晨，天还没亮，四个男人就上山找水去了。

他们在地上挖了个洞，直到见到黑土，若姆把脸贴到黑土上闻……

隔不多远，他们又挖个洞……

看见挖出一丛灯芯草，他们产生了一线希望。但那丛灯芯草是靠以前的泉水滋润的，现在开始枯萎……

第三天晚上，他们回来了，个个精疲力竭，一方面是累的，更重要的是希望破灭了。于是，他们贪婪地痛饮新鲜葡萄酒。

“怎么办？”玛格丽特说，“怎么做饭烧茶？

“我没有水了。

“巴波也没有水了，莫拉大妈也没了。郁拉莉给了我一罐水，就够今晚上用。”

龚德朗带着刮脸用具来到橡树下。那套用具包括剃刀、擦刀皮、士兵用金属茶缸、肥皂刷子和小镜子。

他把这些东西横七竖八地捧在胸前，只有那茶缸小心翼翼地用大拇指和食指夹在前面。

树干上有颗钉子可挂镜子，一根小树枝可搭毛巾，倒是挺方便。

他开始往脸上抹肥皂。肥皂泡沫带紫色。若姆看着他问道：

“你用什么东西刮脸？”

“用酒呗，这不用问。我在盖拉当兵时就这样刮过一回，那是在大演习期间。”

“怎么爱起漂亮来了？”

“主要是想离开那里一会儿。”龚德朗说着指了指自己的家。

若姆听着剃刀在龚德朗脸上沙沙的响声，听了一会儿，朝泉眼那边看一眼。出水管口上沾着白花花的泡沫，像一撮山羊胡子。

“你知道我在考虑什么吗？说不定雅内能帮我们找到泉眼哩。”

“雅内？哼！得了吧，那是个笨蛋。”

“不至于像你想的那么笨。听我说，梅德里克，你丈人过去就因为在找水方面懂行而很有名，打井的人在动工之前，常常要来请教他一下。记得他还在平原上干活的时候，有一回布瓦斯先生要挖井，就特意开车去找过他哩。那时，你还没娶玛格丽特。我们这眼泉水也是他找到的。他说：‘挖这儿，水离地面不远，我都闻到啦。’开始大家没少笑话他，不过还是按他指的位置往下挖，果然找到了水。现在我想去看看他。”

“随你便。”

龚德朗小心翼翼地刮着下巴。他下巴尖上有个小坑，每回都要拉一道口子。

“雅内老爹，近来好吗？”

“他认不出你了。”他女儿悄声说。

雅内亮晶晶的眼睛盯住玛格丽特。

“她疯了。我认不出他？怎么，你以为我糊涂了？”

“嗯，他耳朵还挺好使。”

若姆在床边病人的脚头坐下。雅内高大的身躯直挺挺卧在床上，已经瘦得皮包骨头，但仍目光炯炯，话特别多。

“你怎么样，雅内？”

“不怎么样，好不了啦。”

“哪儿不舒服？”

“头。”

“头疼？”

“不，不是一般的疼，而是胀得厉害，咳！在黑暗里，就像一个旧盆子要胀裂啦。一天到晚让我一个人躺着，话都没处说，越积越多，沉甸甸压在我这把老骨头上。从眼睛里还能流露出一点儿，可是大块的全都出不来，统统留在脑袋里。”

“大块的什么东西？”

“生活啊，若姆。”

“一块一块的生活？这话怎讲？”

“这个嘛，我一说你就会明白：

“我这一辈子所干的事情我全都记得，一大块一大块垒得像石头一样，从我的肉里往外滚哩。

“什么我都记得。

“我记得有一回去雷雅纳赶集，在蒙伏龙路上捡了一根细绳子，我把它缠在鞭子上。现在我还看见那根绳子，看见那条鞭子，也看见大车的轱辘，就像弯腰捡绳子时看见的一样，还看见当时我那头驴子的蹄子。

“我总是在对面墙上看见这些东西：绳子，鞭子，轱辘，闭上眼睛，它们就在我脑海里。

“我一辈子所经历的事全都这样。

“现在我对你谈了，才出来了一点儿。”

“你什么都记得吗？”

“什么都记得，即使是……”

“即使是什么？”

“我是说自己所干的某些事情，有时以为很快会忘得一干二净，却也留在脑子里，以后说不定什么时候又记起来，还像当初那样出现在眼前呢。”

“你是指坏事吗？”

“你懂什么叫好什么叫坏吗？”

若姆不吭声了。老头子的话里有一些深不可测的无底洞，里面轰鸣着潜伏的力量。

“玛格丽特，水。”

雅内换了口气要水喝。

玛格丽特端一个盛了点水的杯子不声不响走过来。

“你还有水？”若姆低声问道。

“这是预备圣枝主日[①]用的圣水，放在橱柜里，现在正好用上啦。”

“雅内，既然你什么都记得，那你想必还记得找水源那一天吧？”

“当然。当时大家都嘲笑我，你也是其中一个。”

“谁也没料到。”

“你们都一样，总想知道这家伙为什么干这个，这家伙为什么干那个。既然人家懂，让他干就是了。水我到底找到没有？”

“找到了。”

“是好水吗？”

---

① 圣枝主日是复活节前一周，基督教徒用棕榈枝庆祝耶稣进入耶路撒冷的日子。

“是好水。”

“那么，你还想要什么？”

若姆豁出去了，问道：

“我想知道你是怎么找的，应该怎样识别土质，或者什么草标明有水的地方。”

“你看看能不能找到我的嚼烟？”

“放在哪儿？”

“在被单里找找看。”

若姆找到一小团已嚼过的烟草，还湿漉漉的。

“给我。”

若姆把烟团塞进雅内嘴里。

“你会唱里桑德尔这支歌吗？

你去贝图伊赶场，
十个铜板也不肯掏，
那看马的小伙计，
就不给你的马草料。”

雅内笑了，嘴角流出一串烟汁。

“啊，老东西，”若姆开玩笑地说道，“你故意绕圈子，不愿告诉我找水的秘诀，是吧？”

“我的孩子，这是没法告诉你的。因为这是天生的，你天生没有这种本事，那就别指望啦。这是在娘肚子里学会的，你该在出生之前就学才是。现在嘛，太晚啦。

“现在那水还不够你用的？要不就是我找到的水不好？你永远休想找到那样好的山泉水。”

若姆想告诉他那眼山泉死了，可是玛格丽特将肥胖的手指贴在嘴唇上，叫他不要说。

就是告诉他也没有用，雅内什么也不会讲的。因为他狡猾，病态，而且心肠坏。

“我早就知道他不会说，”龚德朗进来，指着不再吭声的雅内说道，“你指望能从他嘴里掏出什么来？他这个人，从头到脚，坏透顶啦。”

从中午时分起，最难熬了。

两天来，太阳仿佛向地球跨近了一大步，像一个火盆贴在天边噼啪作响。滚烫的热浪暴雨般从天而降。猛烈而黏糊糊的旋风，刮得天昏地暗。

只剩酒可以喝了，焦渴的喉咙怎么也喝不够。

无法缓解的焦渴。

大家时刻幻想着那银子般哗哗流淌的泉水。

出发的东西全预备好了：绳索，水壶，打火机，铁拐杖，猎枪。只待天黑了。黑夜即将来临，天空青青的，淡淡的浮云刚才还是玫瑰色，现在微微发蓝了。夕阳的光辉在地平线上铺了一层白色的粉尘，鹿儿山朦胧地耸立在薄暮之中。

他们准备去干什么呢？原来莫拉两次看见戛古天刚蒙蒙亮时从外面回来，裤腿上沾满泥巴，头发湿漉漉地滴着水珠，敢情他找到了水源。今晚他们就是要跟踪他，去弄个明白。

当然，半夜三更是不宜去荒山野地的，可是除此之外没有别的法子啊。

再说，今晚有月光。看吧，渐渐变得黑魆魆的柏树影子，清晰地映在草地上。

大家高声互道晚安，然后穿过小谷场，接着砰砰地关门，关护窗板，比平时关得更响。这是要让戛古相信，大家都睡觉了。

晚风徐来，吹动着橡树叶子。一只夜莺亮开了歌喉。

“他出来啦。”若姆悄声说道。

明月映照着两根长满青苔的石柱和那间铁皮棚子。戛古从棚子里出来，就穿条裤子，光着脊梁，仰着大脑壳望着月亮。他在银色的月光下，伸着淌黏涎的嘴唇，嘴里发出低沉而有节奏的咕噜声：他在唱歌。

他同时在跳舞。他在月光下且歌且舞，显得那么轻盈，像在草尖上轻摇慢荡，脚几乎不动，只是腰肢扭动着。他被这夜色陶醉了，跌跌撞撞从两根石柱间出了村。

他突然猛跑起来，冲向茫茫黑夜。

“让他先走一步吧，”莫拉说，“他耳朵尖极了。今天早晨他就是打那边回来的。我知道他要经过托玛西纳，丢不了他。”

戛古出了树木葱茏的白庄，到了荒野。荒野手掌般光秃秃的，微微呈坡度，向巍峨的鹿儿山伸展过去。

他在荒野走着，似乎还在边走边跳舞呢。

“咱们出发吧。”

若姆和莫拉站起来。阿尔波和龚德朗留下来守护妇女。

“我本来想等郁拉莉回来再走的，”若姆说，“她今天下午又出去了，要很晚才回来。她也在找水。龚德朗，请关照点儿，叫她上你家去睡。这样她才不会孤单。”

过了托玛西纳，面前有两条路。说有两条路未免言过其实，只能说从这里可以通往两个地方。顺一边走，渐渐下坡，走到干涸的河床，沿着河床可以走到平原，到达通往雷雅纳的路上；顺另一边走，依然是光秃秃的、略呈坡度的荒野，出了一个半圆形的岩石豁口，就到了鹿儿山脚下一个喇叭状的圆谷。这里仍是荒野。斜谷下躺着一个尘封的、死尸般的村落。一个荒无人烟的村落。这样的村落鹿儿山下一共有五个。这个是一八八三年闹霍乱被遗弃的。全村死了一百个人，一天就死十个。最后只剩下二十来个妇女和孩子，背着铺盖卷，在夜里穿过田野，流落到平原的市镇。从此，村里就没有人了，只留下断壁残垣。风在野草丛生的街道上呜呜刮着，在没有护窗板的窗口和敞开的门洞里歌唱、怒号、呼啸。

戛古向村庄那边走去。

“喂！”莫拉轻轻叫一声。

他们俩停下来。前面传来戛古清晰的脚步声。

“他往上去了。”

“好像是。”

“半夜三更的，你敢上去吗？”

“两个人去，可以；一个人嘛，我宁愿回去。不过，咱们是两个人；再说，要摸清他是从哪儿弄到水的。”

月光下，戛古显得怪模怪样。一到这野兽出没的地方，他的行动就变得像野兽一样了，走路贴着地面，不停地左顾右盼，弯着长长的脊背，脖子缩到肩膀里，向前伸着头，两条胳膊几乎垂到地面，恰似野兽的两条前腿。这样，就有一头面目狰狞的四脚兽的影子，跟在他的旁边蹦蹦跳跳。

他不停地怪唱怪叫，有时仍像在边走边舞，他那又尖又欢快的叫声传得很远。

他们走进半圆形的石头豁口时，莫拉又“喂”一声，叫若姆停下。

“你听。”

“嗯。我也听见有一会儿了……”

“是在左边吧？”

“是在左边。”

“真怪。是安贝尔死神那边传来的。会是谁呢？”

“不知道。”

不错，山坡上传来脚步声，好像有个人在与他们平行的小路上行走。

石头滚落声。戛古在前面走着。

他们俩竖起耳朵，蹑手蹑脚地又往前走。

“这脚步声对这条路挺熟的。”

“你眼睛好使，什么也没看见吗？”

莫拉什么也没看见，缩在后面，拉拉若姆的胳膊说：

“若姆，咱们回去吧。听我的。除了咱俩和戛古，还有谁会在这夜里穿过荒野去那村子呢？还有谁？除非是……

“你又不是不知道，自打闹了霍乱，那上面就经常闹事，这可不是瞎说的。我们还是别去那里。那回康巴村那个羊倌被担架抬下来，你没看见？他死得实在离奇，你没看见他那双眼睛？还有他的脖子，拧得像井绳似的。”

若姆站了一会儿，一声不响。莫拉的话久久地在他脑海里回荡。是的，他看见过那个死去的羊倌，看见过那死去的二十只羊，还有那条死去的狗和激流般沿街汹涌的苍蝇。

他声音颤抖地、低低地说道：

“我知道，赛萨，可是水……”

若姆说这话是给莫拉打气，也是给自己打气。正是听到这个水字，他们才鼓起勇气继续前进。夜更清凉了，抚摩着他们的面颊，仿佛给了他们希望；巍峨的鹿儿山耸立在他们面前，它是水源之母，它那多洞穴的肌肉深处，蕴藏着取之不尽的水。空气中仿佛传来笛子般叮咚的泉水声；草丛中一块平滑的巨石，像泉眼般闪着清辉。月光从天上泻下来，银粉般洒在大地上，戛古的影子像鱼一样在月光中游动。

“你没再听见什么吧？”

“没有。刚才可能是维勒缪村的一个人回家吧。”

“但愿如此。”

“去大坪的路就是从那旁边经过的，可能是那上面一个人抄近路回家。昨天马诺斯克正好逢集。”

“有时也会有卖丝带的小贩打这儿经过。”

“没错。”

看吧，那荒村像一具骷髅躺在他们面前。它只剩下一堆残骨，听凭风猛烈地刮来刮去。气流像河水般在空荡荡的房屋里呼啸。残骨在月光下幽幽闪光。

夜风吹刮，野草海涛般起伏，荒村死气沉沉地横卧在那里。

戛古踏着荨麻地里踩出的一条小路前进，就像被夜风拂弄的一片树叶抖动着、蹦跳着。

莫拉和若姆小心翼翼地跨过一根根房梁、一块块石头，可是斜挎在身上的水壶还是叮当作响。

“现在可不能弄出响声，伙计，”若姆说着，停住脚步，趴在一堆废墟上，“我想咱们到啦。把会发出响声的东西全藏在荆棘丛里，一会儿回头来拿。”

一排排房屋在街上投下锯齿形的影子。仿佛间忽有一扇窗户里亮着灯。不，那只不过是窗户正对月亮敞开着。冷月也照耀着没有了铁栏杆的壁炉，把它们的影子投在厅房坑坑洼洼的地面，像一个个披着斗篷的守夜人，蹲在乱蓬蓬的荨麻和山楂树丛中。

一座几乎完好无损的谷仓，圆圆的门洞里露出几把麦秸。在一个暴风雨的夜晚，康巴村那个羊倌领着他的羊群和狗，就是从这里经过的。一切迹象表明他们是从这里经过的。

戛古纵身一跃就不见了。

若姆仰起鼻子嗅了好大一会儿。

“我闻到水味啦。”

沿着一条街上到一座坡顶，他们突然看到：

一个广场。

房屋的门面都还没有倒塌。一座歪歪斜斜的阳台上竖着一截旗杆和一块招牌，上面写着“共和俱乐部”。地面石缝中长出野草。一棵枝叶蓬乱的桑树在月亮苍白的手指抚摩下窃窃私语。

广场中央，一口古老的水井袒露着腹部。在附近这一带，除了鹿儿山和古树，这眼水井无疑是最古老的东西了。井台的栏杆被铁桶磨得光溜溜的。圆水池里耸出一根柱子，上面安装着几根铜管。四个脸蛋胖乎乎的大理石娃娃，鼓圆了嘴巴对着铜管吹着，但并没吹出一滴水来，然而水池里蓄满了清澈的水。清水溢到四周的石板地面上，滴穿了石板。那一棵棵粗壮的水贼，不就是在这水的滋润下生长出来的吗？啊，水里露出的那根粗大的石柱多么富有生气，就像一个人披着在风中飘摆的斗篷。石柱四周长满青苔，湿漉漉的。只有那四个大理石娃娃的脸是干的，它们注视着死气沉沉的村舍。

戛古到了那里，向水扑去，挥动双臂，搅得水四处飞溅。他浑身是水，头发里，胸毛里，瘦脊梁上全是水，听得见水在他的裤管里咕噜咕噜往下淌。

他弯下腰喝水。

他伸开双臂，抓住满溢的水池边沿，将嘴贴在池边的一个缺口上，一边喝一边痛快地哼哼，像婴儿吃奶一般。

两个人看着戛古那欣喜若狂的情态。他们自己的欣喜则克制得多，像一朵向日葵花开放在他们心间。

“应该把水池清洗一下。”若姆低声说。

“把水管子接长。”莫拉说道。

“我们带着桶轮流来打水。”若姆又说。

“对，轮流来，就像部队里一样。”莫拉附和道。

两个人站在黑暗之中，像神龛里的一对圣像，悄声地你一句我一句，怒放的心花比太阳还大。

“我去找水壶。”若姆说。

“总算还好，”莫拉将苦艾酒杯挪到自己面前说道，“幸好若姆没看见我见到的情形。”

他喝口酒，龚德朗也趁机喝一口。他怕打断莫拉的叙述，一直没敢喝。

“……从那里到荆棘丛，来回一趟要一刻钟。当时，明月照耀着广场，如同白昼。在过去的俱乐部和面包店之间，一条笔直的小街，铺满月光，像一根刚铸成的银条。若姆刚离开，我看见从小街尽头走过来一个黑影，又高又细，细得我还以为是自己看花了眼呢。渐渐地，那黑影变大了，突然到了我对面，隔着水井，离我只有十来米。我一下子愣住了，你知道，我衬衣下的心脏跳得可厉害呢……

“那个直挺挺的东西望着戛古。我慢慢看清楚了，对自己说：‘哎，赛萨，那不是郁拉莉吗？’反正看上去很像。

“‘你倒是快过来呀！’她低声说道。戛古猛地抬起头，就像听到命令一样，动作利索极了。他抬起头，看见了她，立刻向她跑去。看来他们常来这里相会，一切都是预先安排好的。

“她把猎枪靠在墙上……”

莫拉住了嘴，警觉地看看四周。厨房里除了睁着眼睛睡觉的雅内，就只有他和龚德朗两个人。雅内倒是无关紧要，但卧房门半敞开着，听得见玛格丽特在拍褥垫。

莫拉使个眼色说：“去把门关上。”龚德朗关上房门，又回来坐下。

“……她把猎枪靠在墙上，躺下来，撩起裙子，叉开双腿，戛古一下子扑到她身上。”

“这！”龚德朗惊愕不已，在桌子上捶了一拳，“这太不像话啦！”

“我说的可是实情。从我站的地方看得一清二楚：戛古趴在她身上，像做俯卧撑似的。看来他们相好很长时间了。”

“这，真是，”龚德朗说道，“这，你知道……”

莫拉欣赏着龚德朗瞠目结舌的神态，端详着他听到这惊人的消息后那副窘相。

“咱俩之间说说而已，”莫拉又说道，“若姆的闺女长得又丑又老相，要多难看有多难看，不过毕竟有着女人的皮肤，与一般女人一样。要和她相好，非得在非洲当过几年兵才行。她算是找到了和她般配的……”

“我并不否认，”龚德朗咕哝道，“我并不否认，可是居然跟戛古，她应该受到责备。嗯，你当时干什么了呢？”

“我望着他们大动了一会儿。后来，我想应该在若姆回来之前把他们吓跑，就朝天放了一枪。

“我对若姆说，我放枪是为了把戛古吓跑。不过，咱俩之间说吧，梅德里克，咱俩之间说吧，嗯，实在没有必要让若姆把他女儿当成宝贝似的。”

第一个轮到去荒村为大伙儿打水的，是龚德朗。天大亮了他才出发，赶着骡车，运回来满满五罐水。

若姆本来按字母顺序拟了个名单：阿尔波、龚德朗、若姆、莫拉。他把名单钉在橡树树干上，这样就不会有争论，轮到谁就谁去。

然而，头一个去的却是龚德朗，因为今天阿尔波没有心思去，他的大女儿玛丽病倒了。

前天天气异常闷热，玛丽却直打哆嗦。她大概喝了一肚子蓄水池里喂牲口的水，昨天傍晚就病倒了。她的脸蛋已经凹下去，不时伸出舌头润润干裂的嘴唇，可是高烧使她的嘴唇越来越干裂；她明亮的眼睛下面，现出一个大黑圈。

今早上她开始出虚汗，浑身汗涔涔的，不得不给她换了床单。

巴贝特守在床边哭哭啼啼，不停地叫唤："我的孩子，我的孩子，我的孩子。"仿佛要让命运之神明白，让她的孩子受这种折磨是多么不公平。

阿尔波跑去找若姆。若姆来了，带着他那本用包肉纸包得好好的《拉斯帕耶家庭医药指南》。

大家常常听若姆说："这本书是我结婚那年买的，买到手之前我整整想了三年。"所以在大家心目中，这本书成了非同寻常的东西。

若姆翻开书，用手指点着目录看下去。

"找到啦，你看。"

他翻到要找的那一页，伸到阿尔波眼前：

"是这个，就是这个，你看……"

两个人一个字一个字往下念，若姆不时抬起头，望着天花板，像是在思考。

“怎么样？究竟是什么病？”阿尔波问道，“要紧吗？”

“不要紧。你看，这里不是写着吗，要是去找医生，他准叫你花十五法郎，给你胡乱开点药，还要忌口。就这么回事。而这本书是穷人的医生，而且确实管用，相信我好了。咱们来看看上面写了什么吧：琉璃苣泡茶……你们家有琉璃苣吗？”

“有，有。”巴贝特说。

“……烤片面包，蘸上甜酒，贴在病人脚心……这并不难！还有埃居纸，就是拿一张棉埃居纸，浸过酒，熏过香……也给她贴一张吧。瞧，我把这一切抄在这张纸上，你们要是记不清，就来找我，我有书。”

“那么，你肯定她不要紧吗？”巴贝特把若姆送到门口问道，“你有把握？”

“不用担心，我有把握，书上写着呢。”

若姆说着拍一下书，表示错不了。

巴贝特回到屋里说：“我们也该买本那样的书。”

棉埃居纸和琉璃苣都用了，可是玛丽的病一直不见好转，她的小手像瓷器一样苍白透明，目光流露出内心的忧郁。

透过她的皮肤，仿佛可以看见那吞噬着她的烈焰在燃烧着她的骨头。她躺在床上，像耶稣像那么清瘦，连抬手赶苍蝇的力气都没有，只好听任它们在脸上爬来爬去，直至它们爬到眼睛旁，才稍稍眨一下眼睑。

巴贝特哭得两眼通红，在床边不停地忙着照顾女儿。她翻遍了所有盒子，从中找出报纸包着的干草药，其中有洋甘菊、锦葵、鼠尾草、百里香、海索草、龙牙草、薰衣草，等等。

她把这些草药一包包打开，放在桌子上。似乎她女儿的康复，全靠这些草药了。锅里水已经在火上咝咝作响，只要把有效的草投入锅中，明天玛丽的病情就会好转。她在药中仔细地挑选，弄得桌子上的报纸像风中成熟的麦子一样沙沙作响。

若姆害怕了。

自打那天早上他成了领头人之后，他就满怀希望地进行了拼搏，像一根弹簧，碰到压力就向前弹去。可是今天晚上，他前进的道路上突然遇到了绝望的激流。这汹涌的激流将他席卷而去。

他害怕了，对于在这场与为非作歹的山冈进行的斗争中能否取胜，再也没有把握。他产生了疑虑，这疑虑像铁蒺藜一样扎着他的心。

事情是由莫拉引起的。

刚才他对莫拉说：

“赛萨，明天该你去打水了。”

赛萨却回答说：“不去！”这可是头一次有人不服从安排！

“我想去就去，想什么时候去就什么时候去，听见了吗？

“轮不着你来对我发号施令。

“难道我欠了你什么吗？要是欠了，就讲出来，我还；要是什么也不欠，你就离远点儿，别来对我指手画脚。

“各人都不是小孩子了，都知道自己该干什么。”

“可是，这不是咱们商量好的吗？”

“根本就没有商量好，是你一个人排的名单。请问你有什么权力这样做？在这里你算老几？莫非你是教皇不成？”

“好吧，算了，我去，我替你去。”若姆说道。

莫拉走了几步，又回过头来说：

“派郁拉莉去吧，她认得路。”

这样下去可不行，有个人领头，说不定还有希望。只要领头的人知道就……

他产生了疑问：他知道吗？

“我能斗得过发怒的山冈吗？我有这种良好的愿望，但也只有良好的愿望而已。我叫他们去监视，可是灾祸还是钻了空子。它在我们头上盘旋，想落到谁头上就落到谁头上，就像在自己家里一样随心所欲：头一个选中了泉水，接着选中玛丽……

“它一直待在这里，夜里我仿佛听见它扇动巨翅。它窥伺着……

“这回该轮到谁了呢？”

整个夜里，他翻来覆去琢磨希望之所在。清晨，他只剩下一个念头：去看雅内。雅内应该知道这一切的奥秘。

天亮了。

玛格丽特成天在床前忙碌不停，两条腿都跑肿了，走路踉踉跄跄。当若姆进来时，她正站在碗柜前面，昏昏沉沉直打瞌睡，忘了自己要找什么。

“玛格丽特，你困了就去睡吧，趁我在这儿，”若姆说道，“我要和你爹一块待一会儿。”

玛格丽特一离开，雅内便先开口说话了，似乎他透过墙壁早就预料到若姆要来。

“你要是希望把想说的话说完，就待到晚上再走。”

“雅内，这回可不是开玩笑，请耐心听我说。我一直没敢对你讲，现在非讲不可啦。你要是愿意，就能救我们的性命。告诉你，我见到猫了。”

雅内像段朽木，一点反应也没有，只是猛地合上了眼皮。

他突然又抬起眼皮，直视若姆。

“把我的头转一下，我看不见你，要谈我们要谈的这种事儿，两个人要相互看着才行。”

若姆抬起雅内的头，轻轻地向自己这边转动一下。

“噢，你什么时候看见的？”

“三个星期前。”

“现在才来告诉我？”

“我原以为能够阻止事情的发生，据说你就曾经阻止过一回。可是搞到现在，我担心阻止不了啦。”

“你数没数过山冈有多少牙齿？”

“牙齿？”

“你有没有看见山冈的毛是支棱着还是有点顺风向倒伏？”

“……”

“你有没有说过鸟语，像老鸹一样哇哇？”

……

“你有没有偷偷看过？”

“……”

“你有没有看见埃斯佩尔山冈后面的猫仙窝？那里的灌木都烧焦了，全是猫仙吐的气烧焦的。”

若姆心里嘀咕，现在这个胡言乱语的人，和刚才那个说话尖刻但清楚的人是不是同一个人。

是同一个人，同样的眼神，同样呈嚼烟汁色的嘴唇。

“没有，这些我都没做。”

“那么，你干了什么？”

“雅内，我对大家说：‘监视各条路口，有时会有恶魔来……’

“可是，就在我们监视路口的时候，有什么东西伤了泉水，水源枯竭了。我到处找水，挖空了土地，也挖空了心思。最后，我们在高头那个村子里找到了水。你知道我是指哪个村庄吗？现在，阿尔波的闺女病倒了。生的是一种奇怪的病，连我那本医书里都找不到。她一天天消瘦，如今瘦得像只小鸽子了，连张嘴叫妈妈的力气都几乎没有了。真可怜。

“最可怕的是，人的脑子也开始出毛病了。莫拉就已经……人脑子里什么东西都看不见，祸害就从容不迫地溜进去，看不见，摸不着，连颜色都没有，悄悄地、悄悄地溜进去。

“只要大家齐心协力，就能取得胜利。一捆柴火，要想折断可不容易。要是各人自顾自，瞎搞一气，盲目行动，那就全都完了，今天这个，明天那个，迟早都完蛋。

“我真替白庄担心……”

“笨蛋。”

“……”

“我说你是个笨蛋。还想指挥大家呢！啊，你看见了猫，好啊。你让男人们去监视各个路口？”

雅内咧嘴笑起来，就像木头裂开，发出爆裂声。

“你愿意听我叫你笨蛋？”

他的声音更沙哑、更低沉了。他俨然是一块石头。他的眼睛一眨不眨。他是一块空心石头，风在里面呼啸。

“你们完啦。”

“别这样讲，雅内，别人会说你幸灾乐祸。”

“我是幸灾乐祸。像你们这种笨蛋，实在太多啦。”

“怎么这样说话？谁招惹你了吗？”

“大家。”

“大家对你怎么啦？”

“你们大家总是待在我眼前，腿动来动去，胳膊像树杈，挺着肚子，就是压根儿没想到让我分享一点你们的生活。就那么一点点，我要求并不高，能让我坐在树下，抽袋烟就成。”

“雅内，你晓得这办不到。可别为这个怨恨我们。你就不替白庄想想？不替这块属于我们的寸土之地，不替这些与我们同甘共苦过来的房屋，不替你的女儿，还有为你酿苦艾酒的龚德朗想想？”

“我一病倒，苦艾酒他就不给我喝了。”

“还有阿尔波那几个刚刚来到这世上生活的小女儿，还有巴贝特，那从培儿堆村来到这里与我们共同生活，始终诚诚恳恳的巴贝特。所有这些人，可都不准备死啊。”

“我可做好了死的准备。”

“还有你的地，树林子里你那几块草锄得干干净净的地，还有你那些橄榄，你那些香甜可口的甜瓜，所有这些东西，你就一点也不心疼？你希望它们重新变成荒野吗？”

“这些东西都坐在我屁股底下啦，我在前面走，它们就掉在后面了。反正我到哪儿也不需要它们了。”

“你真自私自利。”

“我不在乎。

“我再说一遍：完蛋啦。你们蹦跶不了一个月啦。你知道，我说什么，准错不了。

“还记得你老婆吗？我不是提醒过你，结果怎样呢？你看见了：上吊啦。还有你女儿，让那个整天淌口水的家伙又是拍又是摸……”

若姆跳起来，把椅子也带翻了。他一把掐住雅内的脖子。

“你，”一个字一个字从他咬紧的牙缝里往外迸，“你好恶毒，比恶狼还坏。你知道，谁也不许提我老婆，特别是你。也不准提我女儿……你要是没病倒，我早就一拳揍扁你的脑袋了。别找事。”

他吸了口气，让自己平静下来，听一听玛格丽特睡觉的那个房间有没有什么动静。

他扶起椅子，坐下，重新控制了自己。

雅内像死了一样，但寂静中听得见他轻轻的奸笑。

“雅内，我不是来和你吵架的。你看，我心平气和啦。大祸临头的不是我一个人，是所有人。好好想想吧。你要是知道该怎么办，就讲出来。”

“我这就告诉你吧。不过相当复杂：看事情要站得高，就像常言所说的，要站在树梢上看，平展在你脚下的大地才一览无余。”

雅内喘息着。小鸟般微弱的喘息。他闭上眼睛，审视着内心，审视着自己的胸腔。那胸腔里积聚着他一辈子八十多个春秋所经历的多少事情啊！

突然，这一切像决了口子，滔滔流出来了，就像被遗忘的一桶酒，塞子突然迸掉了，醇浆连同酒渣，稀一阵稠一阵汩汩往外流。

“你想知道该怎么办，却对你所生活的这个世界一点也不了解；你知道有东西在与你作对，却不知道是什么。这都是因为你观察了周围，却没有弄明白究竟。我敢打赌，你从来没有想到那巨大的力量，是吧？

“动物、植物和石头的巨大力量。

“大地不是为你一个人造的，不能让你一个人没完没了地使用，而不时常征求主人的意见。你只不过是佃农，还有主人呢。主人穿着有六颗纽扣的漂亮上衣、栗色的丝绒坎肩和羊皮大衣。这位主人，你认识吗？

“你从来没有听见树叶上、嫩叶上、小叶上、结满果子的苹果树上那风一般的絮语？那是他在温柔地讲话。他对树木和野兽就是这样讲话的。他是万物之父，他的血管里流淌着万物的血液。他抓住气喘吁吁的兔子说：

“‘喂，漂亮的小兔子，你浑身湿透啦，眼珠子乱翻，耳朵流血，你是在逃命吧？蹲在我两腿之间，别害怕，在这里可舒服了。’

“又甜又苦，那小溪……

“不一会儿，狗跑了来。

“你心里嘀咕，狗怎么自己跑出来打猎啦？其实，它是摆脱你去见主人。

“六颗纽扣的漂亮上衣，羊脖子上的圆铃铛。

“在主人两腿之间那个窝棚里，狗和兔子交上了朋友，它们嘴对嘴，毛贴毛。小兔闻狗耳朵，狗耳朵直晃，原来小兔往里面吹气。它打量着四周，似乎是说：‘这可不是我的过错，我整天到处追赶它，在灌木丛里追，在田野上追，在小溪岸边的洞里追；小溪边的草里有细绳子，会绑住手脚的。’

“后来，什么都来了：斑鸠、狐狸、小蛇、蜥蜴、田鼠、蚂蚱、耗子、石貂、蜘蛛、水鸡、喜鹊，一切会走的、会飞的全来了。条条小路变成了禽兽的溪流，像小溪一样唱着、跳着、流淌着，擦着路边，带走一块块泥土，卷走整根整根的山楂枝。

“一切东西都跑来了，因为他是慈父，他对每个都要嘱咐一句：

“‘斑鸠，斑鸠，快上路；狐狸，狐狸，快说话。’

“他说着拉拉狐狸的绒毛丝带结。

“‘大鼩鼱，小鼩鼱，小牛嘴伸进水桶里。’

“然后，他就到树林里遛弯去了。

“树木也一样，都认得他，不怕他。

“你呢，你从来就没见树木也会提防人，其实你根本就不知道什么是树。自从盘古开天地，树木就和主人在一起，那时候还没有人砍过一根树枝哩。

“……那时只有树林，山冈上还听不到斧头声，见不到砍柴刀，见不到屠刀；山冈上只有树木，没有斧头。

“他从树林子旁边经过，穿着羊皮上衣。椴树小猫般呜咽，栗树女人般呻吟，悬铃木里面喀嚓响，像男人在乞求怜悯。

“他看见它们伤痕累累，有刀砍的，有斧劈的，便一一安慰它们。

“他安慰椴树、悬铃木、桂树、橄榄树、橄榄苗、风轮苗、葡萄苗。正因为这样，正因为他的大慈大悲，天长日久，他便成了万物之主，万物都热爱他，服从他。

“要是人坏事做得太多，他要把白庄从山冈上抹掉，那根本不费吹灰之力，他甚至不需要显出身形让那些笨蛋看见，只需大白天对着空气轻轻吹一口就成了。

“他手里掌握着巨大的力量。”

“动物，植物，石头！

“树可倔强了，它硬是靠弯弯曲曲的枝桠，千百年来顶起了沉重的青天。

“野兽可倔强了，尤其是幼兽。

“它独自在草窝窝里睡觉，独自睡在这世界上。

“独自躺在草窝窝里，世界就在周围。

“它的心可倔强啦：你宰它，它硬是不叫喊，眼睛盯住你，那目光像针似的穿透你的眼睛。

“你没有仔细观察过正在死去的动物。

“石头可倔强了，一块大石头耸立在那儿，风就只能从两边刮过去。它耸立在那儿多少年了，谁知道？一千年？

“一块这样的石头一直耸立在世界上，早在你若姆存在之前就有了，在苹果、橄榄园、树林子和野兽存在之前就有了，在这一切的祖先，在你、我、苹果，总之一切的祖先存在之前就有了。在一切的祖先还在自己老爹的裤裆里就有了，若姆。

“自从盘古开天地，一块这样的石头就耸立在那里，多少年了，没人知道；它总是老样子，一点也没变。你不是要找解救的办法吗？就得先弄明白这个。”

若姆听着，感到世界就像一块船板，在他脚下摇晃。

他脑子里充满世界上各种各样的东西，眼前掠过各种各样的树，各种各样的草，各种各样的动物，从蝈蝈到野猪；他原本以为这世界是坚实的，他只需沿着静止的垄沟走就行了。

可是现在呢？

显然，他没想到雅内这样了不起。首先是这股隐约可见的力量镇住了他；其次呢，这回讲话的可是一个阅历丰富的人。

这个人的确阅历丰富。经他一讲，一切奥妙全清楚了，过去不明白的事物全明白了。可是，刚刚开始明白的这些事物，却令人毛骨悚然。

按照过去的方式，一切都很简单的：人和周围的环境，受人主宰的是动物和植物。那样，一切都挺顺当。人宰杀一只兔子，摘下一个水果：一个桃子，吃到嘴里，果汁是那样甜蜜；一只野兔，烧好了就是一盘美味的肉。吃完了，一抹嘴，往门槛上一坐，抽袋烟。

这样简单是简单，却留下许多弄不明白的事情。

现在该按弄明白的方式生活了，这是残酷的！

这是残酷的，因为现在不再仅仅是人和受人主宰的其他一切，还有一股狂暴的巨大力量，人和野兽和树木，统统在它的主宰之下。

若姆感到生气勃勃的、可怕的山冈在自己脚下摇动。

“我把奥秘告诉你吧。”

现在，若姆宁愿雅内守口如瓶。

“我把奥秘告诉你吧，这奥秘像死人一样温柔。

“我们的周围，血流得太多了。

“动物的肉体上、活生生的树上有十个窟窿、百个窟窿，里面的鲜血和液汁像杜朗斯河流淌在世界上。

“这千疮百孔，都是我们，是我们的双手造的孽。

“主人已经唇干舌燥，医治不了这么多伤口了。

“说到底，这些动物、这些树木，都是属于他，属于主人的，他的羊皮上衣是羊给的，但既没有剥皮，也没有流血；纽扣是羊骨头做的，也没有流血，纽扣骨头，羊……

“你和我，我们也属于他。只不过，长期以来，我们忘记了通到他的膝头的路。我们试图只靠自己给自己治病，自己安慰自己。然而这条路是可以重新找到的。到落叶底下去寻找；路上铺满了落叶，要用手一片片捡起来，轻轻地捡，别让月光烧着了；小路像头羔羊在月光下撒欢哩。

“等我们走到主人身边，走到他的唾液的溪里，走到他的话语的和风中，他就会对我们说：

“‘我可爱的人儿，你这些漂亮的手指会抓会捏，来啊，我的人儿，让我看看你是否还记得怎样用手抚摩，这可是我最先教会你的，那时你还在我膝头上，小不点儿，满嘴含着我的奶汁……’”

突然，那壮丽的幻象模糊了。

“……奶汁……嘴……嘴巴……平原……羊毛，奶、奶、奶……”

接着，一阵嘶哑的喘息划破了空气，那声音像一辆正下坡的大车猛地一拉闸。

若姆一个箭步冲到床边。

雅内直挺挺地躺着，脑袋陷在枕头里。

一股黑色的液体在他张开的嘴里咕噜噜响。要是他这会儿死去那可就……

“雅内，雅内，喂……”

那已经望着阴间的眼睛又恢复了光彩，但还像风中一片青莲在抖动。他定了定神，卷了一下舌头：

“……奶汁，满嘴奶汁，你双手还没有沾过鲜血。”

寂静。

只听见玛格丽特的鼾声。

“就这些啦，”雅内说道，“恢复镇定吧。”

若姆在去荒村打水时捡到一把梳子，一把女人通常插在发髻上的玳瑁梳子。他是在一棵桑树下捡到的，那地方的草被压得平平的，像是常有人在那儿睡觉似的。他突然想起雅内的某些话，还有莫拉的含沙射影，便将梳子揣进兜里。

回到家，还没卸下骡套，他就径直走进女儿的卧室，把梳子放在五斗柜上钟罩和盛纽扣的木碗之间。

他端详着卧室，仿佛等着它向他透露女儿的隐私似的：墙上挂着几条衬裙，一张椅子背上搭着一件旧紧身衣，床沿垂下一根鞋带，五斗柜一个半开的抽屉里露出一件黄粗布衬衣的一角，床栏杆上搭了一条灰色法兰绒女裤，大腿部位的裤管之间撑开了一个椭圆形的大口子。床头柜上搁着一本《贞洁与憔悴》。

梳子摆的位置很好，一眼就能看到。

这天早晨，郁拉莉坐在镜子前梳头，顺手拿了梳子插在发髻上。可是，在去草场的路上，她在一片洼地停住了脚步。那是个四处看不见的地方。她摘下梳子，翻来覆去看了一番。

她一动不动站了半天，绞尽脑汁寻思这梳子她究竟是在哪儿丢的。

郁拉莉回到家。若姆瞟一眼女儿的发髻，梳子插在上面。

“爹，这个是你拿回来的吗？”郁拉莉摘下梳子问道。

“这个什么？”

“这把梳子。”

“梳子？不。怎么，你的意思……”

“我不知道。它搁在五斗柜上，但不是我的。”

“不是你的就扔了。”

“当然要扔掉。万一是哪个病人的多危险。我在寻思是谁把它放在五斗柜上的。早上我梳头的时候没在意。”

郁拉莉说罢，从窗口扔掉了梳子。

这天中午，像是什么人特意安排的，大家全在打谷场上，待了一会儿便准备各自东西，因为现在大家散了伙。蓦地，像风扫平地上的落叶一般，他们刷的一下子全转过头：猫来了。

猫慢吞吞穿过场院，像在自己家里一样不慌不忙。

它向龚德朗家走去。透过厨房的窗户，看得见雅内的床，床中间躺着雅内隆起的身体。

猫身子一弓，跳到窗台上，就进去了。

猫的出现使大家胆战心惊。他们又团结起来了。

自从若姆和莫拉那次小小争吵之后，他们四户人家就分道扬镳了。莫拉为自家打水，其他人也各自为自家打水，大家互不相干。他们独自踏着小径进山，盛满水的桶挑进各人自家的门。水桶空了，也决不向邻居要，宁愿一个人再沿山间小道跑一趟。

这种自私的观念，把他们相互隔绝了，却使他们重新操心起田里的农事来，不再那样终日惶恐不安，而仿佛就要获得新生了呢。

阿尔波到久不关心的麦田里看了看，沉甸甸的麦穗压得麦秆倒伏，铺在地上像黄澄澄的毯子，里面钻出了一棵棵蓟草。他拿起镰刀，仔细地割了一把麦子。在这里远离巴贝特的唉声叹气和玛丽重病的身体，他觉得生活仍是甘美的。龚德朗离开雅内，到葡萄园里摘了一篮子葡萄；这园子也一样，成了胡蜂、田鼠和偷吃葡萄的鸟儿的天下。若姆在简陋的铁匠作坊里重新开始铸造犁铧，胳膊抡得像风车一样转，铁锤有节奏的响声，使他渐渐忘却了心头的疑虑。莫拉离得若姆远远的，啃了几个无花果，心里想："得，明天我去对他说：'咱们和好吧。我脾气躁，不过事儿过去了，我去为大伙儿打水就是了。'"

我刚才说了，他们就要获得新生。这本来差不多成了的，可是正在这时猫出现了。它从桑树丛里钻出来，在光天化日下走过，跳到雅内的窗台上，从这里到那里满打满算不到五分钟，而大地和天空顿时变得面目狰狞了。

猫又出来了，从窗台上跳到无花果树上，沿着无花果树爬上了房顶，踩着房顶上的瓦，向莫拉家走去。莫拉惊恐万状，不敢离开大家半步，碰碰若姆的胳膊说：

“我一枪把它撂下来怎样？”说着，就摘下挂在肩头的猎枪。

“不，让它去，千万打不得。”

莫拉听从了。

从此，白庄人又抱成一团了，直到最后。麦粒将一颗颗掉进倒伏的麦秆，再落到土里，成为蚂蚁的食粮；喜鹊将把葡萄和无花果吃得精光；劈柴的斧头将被秋雨锈蚀。

白庄人成了一具被恐惧震慑的大活尸。

猫又出现过两三次，每次总是从桑树丛里钻出来，走起路来一副趾高气扬的样子，根本不把人放在眼里。

有时，它来的时候身子一屈一伸，胡子在空中一抖一抖，竖起耳朵窥探寂静中的响动。

有时，当家家户户的门都拴严了，就蓦地看见它出现在窗台上。

玛德龙·莫拉大娘就遇到过一次。她到顶棚去拿土豆，蹲在地上一个个挑选，兜在围裙里，她挑得很慢，人老了嘛……

你知道顶棚是什么样子吗？那里面堆满破破烂烂的杂物，散了架的旧衣柜啦，破鞋子啦，穿得不能再穿的内衣啦，等等。总之，一些破烂玩意儿堆放在那里，让它们自己朽烂。当你每次看到这些东西时，它们总是露出怨艾之色，使你不免感到有点凄凉。

再说，这天天色阴沉，老太太突然听见墙灰剥落的声音，抬头一看，只见猫坐在天窗边沿，又是舔爪子，又是挠耳朵。

玛德龙大娘扔下土豆，没命地迈动老腿，跑下楼来，到了厨房里灌一大口凉水，让自己定下神来。

只有戛古毫无惧色，每当猫经过时，他嬉皮笑脸地露出一口长马牙，缩着鼻子，耷拉着嘴唇，凑上前去低声对它说："戛——古，戛——古。"说得那样轻，那样温柔，那样认真，那样亲切，下巴上黏糊糊的涎水一颤一颤的。

不过，他也被一件事搞得心神不宁。什么事呢？

天一黑，他就在门窗紧闭的几座住宅之间转悠。他有生以来头一回不像平常那样乱喊乱叫，而是闭着嘴，轻声地哼哼，像条丧家犬那样哼哼。

他望着一间间卧室的窗子，里面的人正准备睡觉，晃动着女人的身影，披散着头发，穿着内衣。

一家家灯火相继熄灭。

戛古伫立在黑暗中等待。

这天傍晚，夜幕刚刚降临，人们的眼睛还没适应黑暗，小玛丽就浑身抽搐起来。

这是突然发生的：母亲听见她牙齿咯咯响，赶过去一摸，觉得她全身冰凉，一阵阵抖动，骨头喀嚓作响。

巴贝特大叫起来。阿尔波在黑暗中摸索着找灯，终于找到了，但玻璃灯罩滚到桌布上，他在桌子边沿一把抓住，又找火柴，摸来摸去找不到。噢，总算找到了，猛力一划，却没划着，只有一点蓝幽幽的光在黑暗中闪了一下。

玛丽的骨头喀嚓作响，巴贝特抽搭着说：

“她的头，阿弗洛迪，啊，她的头。”

灯终于点亮了。

小姑娘躺在妈妈怀里。从刚才黄昏最后的光线中到现在的灯光下，母女俩都变得认不出来了。巴贝特两眼通红，失魂落魄，张开泉眼般黑洞洞的嘴，不停地泣诉。玛丽……她怀里抱的是玛丽吗？还是一段在炭火中慢慢扭曲的多节的欧石南根？两只僵直的小手在黑暗中乱抓。

屋子里只听见阿尔波粗粗的喘气和冒黑烟的油灯忽高忽低

的嗞嗞声，因为巴贝特正没命地大口亲那段欧石南根。

他们把她抬到他们的大床上。

“让她两条腿露出来。轻点。”

“拿醋擦。”

“醋在哪儿？”

“在壁炉台上。”

“没有。”

“在。”

“没有。”

“有。”

“啊，找到了。”

两个人在床边忙得不可开交，磕磕碰碰，揪来扯去，一边唉声叹气，一边将手伸向玛丽。

他们给孩子脱衣服。做爸爸的试图解小布衫的纽扣：小小的螺钿纽扣从他手指中滑落，怎么也抓不住，好不容易抓住了，又跳来跳去，跟他闹着玩似的。阿尔波猛一用力，把小布衫从上到下撕开了。瘦小得可怜的身子露出来了。巴贝特一下子愣住了：

她的玛丽！

本来像玫瑰一样粉嫩，本来胖乎乎的，竟变成了这副模样！

竟然变成了这个任人摆布、扔在大床上也一动不动的东西！

油灯仍嗞嗞响着。

他们用带薰衣草和海索草味的醋，擦着那个蜡黄的、可怜的小肉体。那肉体不那么僵硬了，脖子变软了，头在上面来回晃动，嘴张开了，牙关也松开了，发出一声叹息；腿和胳膊也放松了，纤细的手指一个个伸张开来，回复到平时半曲半伸的状态。现在看上去，这仍是他们的玛丽，他们的骨肉，他们的相貌的混合：他们的闺女回来了。

“抱她到自己床上去吧，”阿尔波说，“烧热一块石头放在她脚边。危险过去啦。”

他直起高大的身躯，跨前两步，向灯伸过大手，捻小了灯芯，油灯不再嗞嗞响了。

“如果他说的不对呢？”若姆突然嘀咕起来。他试图适应雅内对世界的看法，但越琢磨越怀疑。

“如果他是故意瞎说来骗我，来唬我呢？”

他谛听周围树木徐缓的呼吸，觉得它们敌意多于友情。

场院上长出了草，一丛丛枯黄的野草，像山冈上的一样。这块土坪正在变成早先的样子，变成荒丘的一隅。通往平原的道路，几乎被一株垂落的铁线莲堵住了。往常，早就会有人把路面清除干净。草木的世界正不声不响地向白庄进犯。

“抚摩！他居然说‘抚摩’。说得多轻巧。”

假如你不砍不伐，不在自己周围清理出一块地方，而把铁器束之高阁，那遍地的青草就会淹没你的脚，淹没你的房屋，把一切变成废墟。若姆抬起头，瞥见对面场院的边缘，一个黑影正从橡树的阴影中溜过：一头野猪！大白天的，野猪闯进白庄来了！

那畜生擦着橡树叶子，向泉边走去，嗅一嗅干涸的水池，用蹄子刨着泥土。

若姆的猎枪靠在墙边，伸手便可拿到。若姆没有伸手。野猪的出现又是一件令人不安的事情。

野猪看见了若姆，但它悠闲自在地选了个地方，在泥地里打起滚来。枪仍靠在墙边。若姆低着额头，双手交叉放在膝盖上，两眼看着前面，但似乎什么也没看见。他甚至没有想到猎枪，只感到恐惧。这恐惧有如一根刺扎在他心上，使他周身痛苦不堪。他感到恐惧，正因为恐惧，他才没有伸手拿枪。他不再意识到他作为人的强大，只感到恐惧，吓得在自己的躯壳里缩成一团，就像核桃壳里的核桃仁。

那野兽一边蹭背，一边哼哧，蹭够了站起来，嘴触地嗅了一圈，笨重地扑腾几下，这才不慌不忙地一溜小跑返回了林子。

这是一个清朗的傍晚。卵石般的月亮在夜空的沙滩上移动。然而，在绿石村那边，正升起不同寻常的棕红色雾霭。

若姆站起来。那边龚德朗家敞着窗户。白被单下那凸起的形体就是雅内。

“哼，雅内，现在我可看清你安的什么心了，就像看眼前一座山一样看得清清楚楚。你是在另一边，站在土地、树木和野兽一边与我们作对。你是个混蛋。我去打兔子那天夜里，我老婆在厂棚里上吊死了，那就是你干的好事。当然你没有动手，但你摇动你的舌头，你那三寸不烂的舌头，你这个口蜜腹剑的家伙……”

若姆向窗口走去。窗前，那棵无花果树分出两根扭曲的枝桠。若姆爬到树杈中间，站在那上面望得见屋里。

雅内直挺挺的。他的目光在黑暗里溜来溜去，一直溜到挂邮政日历的墙上，嘴里低声嘟囔着什么。屋里就他一个人吗?

不。

床上，他身边蹲着猫。

有个人在乱石冈上奔跑。那是谁？莫拉。他胳膊肘贴在两胁，低着头奔跑着。出了什么事那样没命地猛跑？那粗气喘得在这里都听得见。

一跑到谷场，他就连喊带叫奔向若姆，满脸通红，汗水淋漓，双手比比画画，却说不出话来。嘴刚一张开，就吞下一大口空气，把要说的话又咽回嗓子眼里去了。

好一会儿，他终于说道：

“火，火……”

同时伸手指着山冈。

刚才那片棕红色的雾，现在笼罩了整个天空。透过雾看得见太阳，圆圆的呈橙红色，宛似一颗大杏儿。

若姆的胡子抖动起来，他伸出一个指头用口水打湿，竖在空中。

“风是从那边刮来的，赶快……”

大家拔腿向房子跑去，一边高声叫门，一边用脚踹，用拳头擂，用肩膀撞。

“哎，哎，来了！”阿尔波冲向楼梯，连同手里的盘子一块滚下来。龚德朗、玛格丽特、玛德龙、小帮工、郁拉莉，所有人全都从门里冲出来，只听见一片裙子和灯芯绒长裤的沙沙声。

巴贝特推开卧室的窗户问道：

“怎么啦，又出了什么事？”

“火，着火了……”

谷场上，莫拉站在他母亲和龚德朗之间，急得直跺脚：

“……修女林子给火海吞掉啦，再往上的十岭也完蛋了，烧得精光，一棵不剩。我走到埃斯佩尔冈上时，就看见了大火……唉，大慈大悲的上帝啊！”

“加利代勒坡呢？”

“正往那里蔓延。”

“戈德林子呢？”

“烧得一干二净啦。”

“婊子养的！”

若姆没有挤在人堆里，而是待在一旁。他觉得自己像一棵树一样高大、壮实，心头的恐惧一扫而光。他听见自己的心脏清晰地、赤裸裸地跳动，随着周身奔流的热血而搏动。

“好了，这回大家知道灾祸来自何处，知道是怎么回事，该怎样对付了；不这样，更糟糕。有我们在，有我在，成啊，成啊，只要知道是怎么回事……”

空气像香脂一样，散发着浓烈的、热烘烘的气味。

若姆一步跨到大伙中间，右手搭在莫拉肩头，左手搭在龚德朗肩头，站在他们俩之间，宛似一棵枝桠粗壮的大树。

“孩子们，咱们全行动起来。

“阿尔波，把你的小不点儿抱到龚德朗家去，安置在后面那间房里；郁拉莉去帮助巴贝特；玛德龙大娘也去龚德朗家。女人全集中到龚德朗家，快去，不要分开。这样，我们需要你们时，就知道上哪儿去找；再说，大家在一起，你们才不会害怕。

“我们男人。

“阿尔波，拿上斧子和铁锹。

“莫拉，带上铁锹，钉耙也带上。

“龚德朗，拿上斧头、绳子和连枷。

“小帮工，你也和我们一道去，快到家里去拿两把斧子，一把大的，一把小的。全在钳台底下。”

女人们奔跑着。

“巴贝特，喂，巴贝特，当心小不点儿的毯子。”

“娘，带上盖的。”

“闺女，别站在当间，快跑。”

一扇扇窗户打开了：

“爹，你拿了衣柜的钥匙吗？”

“走啊，快走。”若姆喊道。

“爹，衣柜的钥匙，爹，钥匙呢？”

“什么？”

“衣柜的钥匙呢？”

“在座钟罩后面。”

门摔得砰砰乱响：

“小帮工，斧头呢？”

“没找到。”

“不是跟你说了在钳台底下吗？真见鬼！”

“阿尔波，家伙带齐了吗？”

“我连柴刀也带上了。”

“我带了两把镐。”莫拉说。

龚德朗从“孟日庙”里出来。

“已经安置玛丽躺下啦。”

“她没哭吧？”

“我娘呢？”

“老天爷，”若姆嚷道，“你们到底准不准备走？”

一大群鸟密密麻麻像一条河流，鸣叫着从天上飞过。若姆爬上无花果树。屋内，雅内静静地、直挺挺地躺着，还是刚才的姿势。在他身旁，猫用爪子轻轻地梳理着身上的毛。

“雅内，修女林子起火了，你听见没有？风是从那边刮来的，你就没有什么话要说吗？”

寂静中刮过一阵风，遍地飞沙走石。接着传来雅内声嘶力竭的叫喊：

“笨蛋！”

这场该死的大火，是有人在两个村子之间烧土豆蔓引起的。

凌晨三点钟，烈火像一头矫健的野兽，从灌木丛里霍地跃起，随即张牙舞爪地扑向了松林。起初，人们还以为能够制服它，不会造成太大损害。可是，它是那样势不可挡，整整一个白天和入夜后的一段时间，扑火的汉子们个个累得精疲力竭也毫无办法。晨曦初露时分，人们看到这头野兽变得更加强悍凶暴，更加兴高采烈，在群山中腾跃着阔如巨流的身躯。要制服它已经太晚啦。

这野兽通红的头一探进树林子和荆棘丛，它那烈焰的腹部随即也到了，而它的尾巴在后面扫着火炭和余烬。它时而匍匐，时而跳跃，直往前闯，张牙舞爪，左冲右突，这边一下撕开一片橡树园的胸膛，那边喀嚓一口吞噬掉二十棵白栗树和三棵苍翠的松树，利剑般的舌头乘风势选择着方向，仿佛它很熟悉前进的道路。

莫拉在斜谷里看到的，就是这头猛兽鲜血淋漓的鼻尖。

巴贝特待在后屋里感到害怕。于是，大家在厨房地板上铺床褥垫让玛丽睡，又在旁边铺几条麻袋让她妈和她妹妹睡，后门和碗橱之间也铺了几条麻袋片，让玛德龙大娘睡。

“别为我操心，”郁拉莉说，“我自己会找个角落躺下的。”

“嗬，这么多人！”玛格丽特感叹道，“大家待在一起，胆子就大啦。”

她四处张罗，一会儿跑到衣柜前，一会儿跑到碗橱前，像个皮球在房间里弹来弹去，又想给每人分床单，又想给每人端咖啡，结果不知道先递什么好，瞎转了一阵，这才干脆站住，傻呵呵地大笑道：

“你们自己动手，自己拿吧，我都不知道干啥好啦。巴贝特，拿杯子吧；郁拉莉，你来分被单，拿下面那条花毯子……”

煤油灯点亮了。躺在床上的雅内那老头子的身躯，进到了灯罩的暗影边缘。

玛格丽特已经唠叨两遍了：

“郁拉莉，到炉子后面来睡吧，躺在那里肯定舒服，地方也不窄。”

“别管我，我不忙着睡。感到她们躺在旁边，我睡不着。”

铺位一安排好，其他人就在地上的垫子上躺下了。现在一个个安安静静。巴贝特睡在两个女儿中间；玛德龙和衣睡在衣柜和碗橱之间的角落里，身上的三截裙和头巾全都没有脱；玛格丽特睡在床前的踏板上，脱了上衣，只穿着衬裙和长袜，仰卧在那里，一对长满褐斑的乳房，垂在左右两边，翘起两个红红的大乳头。

不多一会儿就响起了深沉的、长长的鼾声，其间夹杂着发高烧的小玛丽干裂的嘴唇发出的急促呼吸，玛格丽特两个鼻孔一高一低的呼噜声，还有玛德龙像烟斗似的吧嗒咂嘴声。在这一片合奏之中，不时响起一阵沙哑的喘息。先是喘得厉害，渐渐减弱，最后停止：这是雅内，他呼吸困难。

灯芯捻小了。黄黄的如豆的灯火，贴在灯挂的铁丝圈上，孤零零地在屋子当间闪烁，连屋角都照不亮，只勉强映照出巴贝特白皙秀气的鼻尖、玛格丽特的一个乳房和玛德龙的裙子一角。

黑暗中，墙壁突然被映得通亮，一口锅的黑影晃来晃去，对面的窗玻璃上反射出一朵耀眼的橘红色的火花。

郁拉莉走到窗口，喃喃自语道：

“烧到于巴克了。”

外面，几座冷清清的房屋黑魆魆的，背后是耸立在夜幕下的山冈，它的周边被火光映得红红的；在邻近的山包上，大火正吞噬着于巴克森林。

这座草木茂盛、栖息着许多动物的山冈，耸立在那里，黝黑、凝重，岿然不动，蕴藏着巨大的力量。

“要是这座山也和其他山一样发起怒来呢？”

灯光减弱，光晕缩小。巴贝特的鼻子只剩下一个模糊难辨的小三角，唯有玛格丽特的乳房还挺清晰，随着她一高一低的呼噜声不停地起伏。

窗前，大火的反光在黑乎乎的木头屋架上勾勒出郁拉莉粗犷的轮廓。

油灯慢慢熄灭了。

乳房、鼻子消失了。挂锅盆的那面墙上，摇曳着一大片红光，中间一个鸡蛋大影子忽长忽扁。那是窗玻璃上的一个气泡，被于巴克的火光放大后投射在墙上。

炉膛里，一段没烧尽的劈柴噼噼啪啪响了一阵，也熄灭了。

一只公鸡喔喔啼鸣。橡树在风中瑟瑟抖动。看来天亮了。

一缕灰暗的晨光漏进屋里。座钟指着七点。它肯定是停了。

玛格丽特头一个醒来，在床前的踏板上坐起来，用指甲重重地挠了好长时间肚皮，就像挠鼓面一样，然后将两个乳房压到短上衣的吊带下，再用手捏住，塞进上衣的喇叭口里。

门推开了一条缝，郁拉莉探进头，看见玛格丽特醒了，她似乎有些尴尬。

“你已经起来了？”

“我没睡着。喔哟，于巴克烧得可厉害了。”

“于巴克？”

玛格丽特又重问一遍：“于巴克？”因为她虽然起来了，但还没睡醒，不明白于巴克烧起来了会有什么后果。

“几点了？”

“快七点半了。”

“七点半了？不像！”

“于巴克森林着火了，所以才不像七点半。外面浓烟滚滚，连圣鲁斯塔涅山都看不见。”

“哎呀！这回……”玛格丽特惊恐地说道。

片刻，她镇定下来：

“我去煮咖啡。”

巴贝特被咖啡壶的声音惊醒了，大叫一声翻身坐起，双手护住自己的身体。

“哎，怎么回事？吓死我了。这么浓的一股焦味。”

“于巴克林子烧起来啦。”玛格丽特递过去一杯咖啡，随口说道。

砰的一声巨响，门被推开了，撞在墙上。女人们一齐转过头来：若姆站在门口。

屋里鸦雀无声，只听见一只杯子从桌子上滚到地上，摔碎了。

郁拉莉上前碰了父亲一下。

“什么？我怎么啦？”若姆说道。

他长长的大胡子烧掉了半边，满脸炭黑和汗水，中间一对眼睛闪闪发光。他的外衣没有了，衬衣的一个袖子也不知去向；

长长的、干瘦的胳膊上，浓密的白汗毛中间，露出一条条手指般粗的弯弯曲曲的青筋。

“阿弗洛迪呢？”

“龚德朗呢？”

“没事，都没事。我让他们留在九溪岸边。那里的火扑灭了。我回来拿点咖啡、白酒、面包什么的。要是有炒鸡蛋，拿张纸给我包一包，有火腿也给点儿。火烧到于巴克林子啦。情况很不妙，正好是顺风。这是我回来时注意到的。给浓烟包围着，我连东南西北都分不清。快点儿，我得返回山上。

“不，不要瓶子。你叫我往哪儿搁？这么长的路，攥在手里我可受不了。酒灌到水罐里吧，用锅盖盖上，大小正合适。你们别出去。山里到处都在燃烧，路都找不到一条。你们待在这里，别分散。今晚不是龚德朗就是我回来。”

若姆说着，俯身悄声问玛格丽特：

“你爹呢？他什么也没说吗？”

玛格丽特抬起红扑扑的胖脸，一对满月般圆圆的大眼睛，像繁枝茂叶间露出的天空一样湛蓝，那么单纯，什么都藏不住。

“没有呀，干什么？”

若姆系好皮带，背上挎包，拎起水罐和篮子，抬脚正要走，犹豫一下说道：

“郁拉莉，有剪子吗？给我把这个剪了，”他指一指没被烧掉的半边胡子，“很碍事。”

他在牲口饮水槽边遇到戛古。

“喂，二流子，过来。”

戛古斜着走过来，像狗怕挨鞭子似的。

“哎，别害怕嘛，真见鬼。来，拿着这个。”

他把水壶递给戛古，便上路了。

就这样，戛古气喘吁吁而又满心欢喜地跟着大步流星的若姆，到了怒火燃烧的山里。

他们在半山腰顺着山谷走。周围浓烟滚滚，噼啪作响。只看得清脚下方圆五十米和头上两米高的地方。再远就什么也看不见，全笼罩在浓烟中。

小路旁不时从烟雾里露出一丛荆棘，走近了，过去了，随即消失了。有时，一只失魂落魄的鸟坠落下来，贴着地面飞一段，积蓄一点力量，又振翅飞进天空中河流般汹涌的烟雾里。

若姆一路关照傻子。

“喂，戛古，别往下走，那里危险，跟我往这边走。”

他回头指一指好走的地方，戛古便乖乖地跟上了他。

突然，从左边蹿出一股火苗，利刃般划破烟幕。一棵松树挣扎着，爆裂着，扭曲着，最后轰的一声倒下了，溅起一大片火星。一个火星飞溅到了枯草丛中。

“戛古，我的孩子，扑灭它。他娘的真该死。咱们往上走。”

他们打斜里插向山冈，三步并作两步往上爬，不一会儿就钻进了烟雾中。若姆一只手往后一甩，一把抓住戛古的胳膊，将他拉上来。

“快，小伙子！”

焦煳味直呛人，听得见松果的爆裂声。难道前面也烧起来了？

两只肥壮的野兔，像两块硬邦邦的石头，嗖嗖地从若姆两腿之间钻了过去。不一会儿，下面传来它们凄厉的尖叫，因为它们跑到了舔着火舌的烈焰边缘。

山冈上只有莫拉一个人。他一个人站在一棵高大、粗壮、闪光的松树旁。这棵繁茂苍翠的大树，独自低吟浅唱，树干顺风微微弯下，然后奋力一挺，向上举起褐红色的臂膀，将美丽的枝叶擎向天空，神秘地低声歌唱着。

莫拉看看这棵松树，望一眼下面浓烟滚滚的灌木丛。这些动作都是本能的，不假思索的。他自言自语道：

“不能烧到这棵树。这棵树绝不能让它烧了。”

说罢，他着手在松树周围砍出一条隔火带。

轰的一声，脚下的大地怒吼起来。灌木丛咒骂着抵抗一阵，接着火向它们直扑过来，将它们踏倒在它蓝色的脚下。大火腾跃着，兴高采烈地呼啸着。这个狡猾的家伙一边跳舞，一边细步潜入那边的刺柏丛；刺柏丛连反抗都没来得及，便被扑倒了。它还在呻吟，野火已扑向一块平坦的空地，穿过草丛长驱直入。

这野火已不再是个舞女，它赤条条的，血红的肌肉扭来扭去，喘出的粗气把天空烧出一个炽热的窟窿，只听见灌木丛的残骨在它脚下喀嚓乱响。

莫拉左扑右打，前后堵截，忽而跃出，忽而退回。

突然，烈火冲到了他面前。于是，双方面对面周旋开了，相互扑打，后退，又反扑，你撕我扯，骂不绝口……

“混蛋臭小子老子操你先人……”

莫拉瞜一眼那棵挺拔的松树。

瞧，这火在耍阴谋诡计了。

它屈起两膝，往上一跃，仿佛要永远离开这片土地了。透过它细长的身躯，只见整个山冈已成焦土。转眼间，火苗蹿进了松树的枝叶，开始掏心挖肺。

“畜生！”莫拉大叫一声，抽身往后一跳，烟雾立刻包围了他。

脚下的土地开始下陷，吓得他拔腿就跑。仿佛有块滚烫的大铁板贴在他的背上：大火的鼻子紧追在他背后呼呼喷着热气。火焰已经舔过树梢。他的左面，一团浓烟凝滞不动，像一堵圆溜溜的岩石。一个影子从浓烟里窜出来，一边咳嗽一边吐痰，还一边骂骂咧咧。

“若姆，是你？”

“哎，那上面也着起来了吗？”

“全着啦，快跑，只剩下布尔纳空地那个缺口啦。”

这就是说，至少要在弯弯曲曲的山沟里跑五百米，才能冲出烈火的重围。

这可不是闹着玩的。

若姆扔掉篮子，摸一摸口袋里的酒瓶子，抬腿就跑。

可是，戛古呢？

若姆刚要跑，猛地刹住：

“戛古，戛古……”

上面那棵松树轰的一声倒下了，溅起一大片耀眼的火星。

“戛古……”

一团浓烟像山崩般滚下来。

活该。

再说，戛古可能是溜了。若姆迈开猎人的大步，跑起来。

冲出滚滚浓烟。看见稀疏的灌木丛里有三个人在奔跑。

其中一个肯定是莫拉，只有他跑动时腿往旁边甩。

另外两个呢？若姆真希望有一个是戛古。可惜不是，那是阿尔波和龚德朗。跑到跟前，不听说话还分不出他们谁是谁。他们的眉毛都给烧光了，浑身焦黑，气喘吁吁，衣服冒着烟，散发出煳味。阿尔波的裤脚的毛边还红红的，火还在烧着一根根纱哩。

“毫无办法了？”

“毫无办法了。已经把小帮工打发回去了，太危险啦。”

四个人一起跑上白庄的最后一道防线——布尔纳山梁。那里还完好无损，不过烈火已经在脚下发起进攻。

站在山梁上举目四望，烧毁的树林连成一片，非常广阔，像一块黑色巨毯，上面闪烁着余烬的火星，一直延伸到一座村庄的边缘。那座村庄过去有树木遮挡，从来没有看见过，现在像一块剔得光光的骨头。

这是站在山梁上向一边望去的情景。

另一边还是葱茏翠绿的芳草和橄榄园；一个圆圆的翠谷，看上去像一个乳房压在草地上留下的一个窝儿。白庄就坐落在圆谷的中央。房屋旁边有一个白点在移动，会不会是巴贝特或郁拉莉、玛德龙、玛格丽特？抑或是阿尔波最小的女儿在谷场上玩耍？

火正从山梁脚下向上蔓延。

四个人站在山梁上看着。

已听得见下面的树木噼噼啪啪爆裂。一阵劲利的风穿过鹿儿山的峭壁，撕裂了烟幕。烈火狂涛怒浪般腾跃。燃烧的松针宛若密集的雨点从空中落下。爆裂的松果迸射到空中，在烟雾中闪现一道道红光。黑压压的一大群鸟儿直冲云霄，在清新的空气中像喝醉了酒似的，跌落下来，接着又飞向高空，盘旋着，尖声鸣叫。烈火可怕的气浪，席卷着一个个脱落的鸟翅膀，在空中打着旋，还流着血。一股浓烟激流般翻腾，压向天穹，随风摇荡一阵，便鼓起它污浊的肌肉，顶着风扩展开来，而从它的包围中，传来鸟儿垂死的哀鸣。

若姆从头到脚颤抖不止。

莫拉像是要摆脱一场噩梦，把目光从圆谷上移开，投向若姆，停留在他脸上，想从他密布的皱纹里，从他的眼神里，从他的嘴角边看到希望。

“你的胡子呢？”

若姆“咳”了一声，双手一摊，那意思是说：“是同一股力量在坑害我们和土地。我的胡子吗？它让……让火给……”

山下，小姑娘在白庄的打谷场上玩耍。

“走吧……”

戛古抓住若姆上衣的手松开后，就慌不择路地在烟中乱跑起来。他哇哇乱叫，丧魂落魄。突然，他像被什么迷人的东西吸引住了，兴奋得直发抖，收住脚步，嘴角淌出一长串口涎。

浓浓的烟幕撕开了一道口子，在他面前十棵刺柏同时燃烧，很快就烧完了，大火蹿了过去，剩下那十棵刺柏变成了十支闪闪发光的金烛台。大大小小的枝桠和细细的网状木纹，统统变成了红通通的火炭。十棵刺柏还像活树一样立着，而在一些黑乎乎已死去的木头上，火苗像金蛇一样蠕动、卷曲、蜷缩、伸展着，同时发出轻微而清脆的爆裂声。真是好看啊！

“戛，古……”

他伸着双手，走拢去，不顾火炭烫脚，钻进了那个闪耀着成千上万支金烛台的世界。

女人们毫无思想准备，火不是在远处烧吗？可是男人们突然冲到了跟前，吩咐她们：

“快，快把被子打湿堵住窗口，全待在屋里不要出来。”说罢，他们便拼命地在屋前挖起防火沟来；阿尔波挥舞着镰刀，一个劲地割草和被遗弃的麦子，身体摇摇晃晃，像醉汉和疯子一般。

巴贝特号啕大哭，玛格丽特鼻子一抽一抽，吞咽着眼泪。只有郁拉莉不顾禁令，跑出屋子，加入了男人的行列，挥动着柴刀，大砍草和灌木丛，要在白庄前面清理出一块空地。

若姆仿佛长了三头六臂。灰暗、黏稠的空气，大概改变了人和物体的模样，若姆看上去异常高大，却又非常灵巧，好像史前时期的一条蜥蜴。他无处不在，时而挥动铁锹刨地，时而跑来跑去，时而喊些谁也听不懂但挺中听的话。

“真是一条好汉。”莫拉心里称赞道。

是的，若姆是条好汉，但他之所以如此奋不顾身地战斗，是因为这个可怜的汉子感到恐惧在自己心里蠢蠢欲动，只有投入战斗，才能把它忘到脑后。

只要火还没有烧进白庄，他就要奋战。火灾本是一种自然现象。

刚才回到白庄，他头一眼看到的，就是雅内的窗户、雅内的床和白被单下雅内隆起的身体。

于是，他明白了，整个事件的核心，这场无情的灾难的关键和症结所在，就是那一小堆皮包着的骨头，就是雅内。他立刻看见了，在他的周围，大地在喷溅着生命，那是乱窜乱跳的家兔和野兔，是乱飞乱撞的鸟儿。在他的脚下，各种各样的动物从地里窜出来：那沙沙地一蹦一跳的蚂蚱，那嗡嗡飞舞的胡蜂群；那边，在一条老葡萄藤末梢，一只绿色的螳螂伸长着细小的身子，锯齿形的长喙朝火焰一伸一缩。一只惊慌失措的金龟子拼命往一个树墩子底下钻。草地里，昆虫像溪流般跃动。这些动物都知道大难临头，纷纷逃命。

“很快就只剩下我们了。

“整座山冈都起来和我们作对，它那庞大的身体，它那像牛轭一样起伏的山梁，硬是想压扁我们的头哩。

“现在我看清啦，明白啦，知道为什么今早一起来我就心惊肉跳啦。

“雅内，你这坏蛋，让你得逞了。”

他怒不可遏，挺起胸膛。

“那么我们呢，我们就不算数？”

他抓起打麦子的连枷，紧紧地攥住木柄，清晰地感到力量像细浪在自己臂膀里激荡，每股肌肉都兴奋得直痒痒。

他迎着大火走去，脚下的草在燃烧。

“啊，恶棍，我终于找到你啦！”

他挥动大连枷，拍打着山冈，周围的火退却了，在烧倒黄杨树的大火当间，出现了一个冒烟的黑点。

“妈的……”

连枷啪啪响着。山冈在咒骂和鞭笞下，似乎终于要认输了……

“若姆，若姆……”

莫拉跑到他身后，抓住他的肩膀使劲摇晃，让他清醒过来。

“你疯了？你没看见吗？”

好险啊！阴险的火焰包抄了这位斗士，眼看就要闭上它那镶满金牙的血盆大口，把他吞噬了。

若姆一纵跳出重围喊道：

“快点隔离火！”

啊！我们的火点燃了，它从我们脚下奋起，贴近地面，像冲锋的武士向前扑去。瞧吧，他将敌人揪住，摔倒，扼死……

唉，真糟糕！现在两股火合成了一股，呼啸着向我们反扑过来了。

一声巨响震得天空直晃悠。大地这头恶魔霍地站了起来，在空中呼呼挥动着它花岗岩的巨臂。

莫拉扔下铁锹，拔腿就跑。

阿尔波的镰刀嗖的一声飞出去撞在石头上。

门砰砰直响，窗玻璃纷纷被震落。

这片巨响夹杂着女人们的尖叫。

“爹呀，爹……”

大橡树的枝叶噼啪爆响。

莫非整个世界正在塌陷?

若姆双腿发软，脑袋里轰的一声就栽倒了。

他倒下时还一边骂“混蛋”，用拳头疯狂地捶打着山冈。

他以为自己死了呢，可是眼睛却瞥见了焦黄的岩石和柏树。

他仰面躺在地上，没有呼吸，空气像一堵墙堵在他的嘴巴前面，而不流进嘴唇里。蕴藏着生命力的一块块肌肉，在他的血液猛烈冲击下抖动。他眼前仿佛有一个巨大的旋涡卷着一片片舒展的海藻：忽儿是老婆吊死在谷仓的天窗口，青紫的脸映着一片三角形的晨光；忽而是他的女儿，他那小不点儿的女儿，小嘴翕动着，头一回叫他爸爸。接着，一股浓烟向他压过来，他想：“完蛋啦。”

浓烟过后，四周一片寂静和光明。若姆发现自己还活着。

他还真不敢相信。头一个闪念，他觉得死神并没有改变他什么，但紧接着，他明白自己并没有死。

他站起来，看见白庄完好无损。那棵橡树有点焦黄，还有一间小谷仓顶上冒烟，但火自己熄灭了。

他一眼就看出了所发生的事情：隔离火被凶猛的山火击退，回头越过空地，向村舍扑来，不过那巨大的火龙还是被引开了，正向白庄左边腾跃而去。

他们得救了。

郁拉莉穿过还是烟雾缭绕的打谷场，上半身露在烟雾上面。

“没伤着吧，爹？”

“没有，孩子。”

莫拉咧开嘴笑着嚷道：

“火往绿石坡那边去了，咱们脱险啦！”

“那边嘛，就让它烧去吧，”阿尔波说道，“反正全是乱石，爱怎么烧就怎么烧吧，我们平安无事了。”

玛格丽特从“孟日庙”出来，身上穿着那件带白点的红色短上衣，腋下被汗水浸得褪了色。她生了一双平脚板，又趿着绒拖鞋，走起路来，双脚像陷在半米深的泥里往外拔一样费劲。她人还没到跟前，先飘来一股香喷喷的热油味。

“我做了一盘猪油煎鸡蛋……”她说道。

大家都在龚德朗家吃饭，个个撑得饱饱的。

“我嘛，老兄，当时真急得像热锅上的蚂蚁，忽地这边着了，忽地那边着了，连脚底下也噼啪响了起来……”

“我拼命地挠痒痒，拼命地挠，没想到是背上的衬衫烧着了……”

“松子弹到脸上，哎，啪的一声，就像中了枪子一样。我脸上就挨了一颗，就在这里，眼睛旁边……”

大家七嘴八舌，一边挥动胳膊比画，一边敲桌子，酒杯都震得跳起来。阿尔波亲着巴贝特，在她额头上、面颊上蹭了好几个黑黑的印子。他硬要躺在褥垫上的小玛丽喝杯酒，吃块饼干。小玛丽从被窝里伸出线一样细的手腕子，蜘蛛脚一样细的手指，哆哆嗦嗦接过酒杯。

“今天她喝了不碍事的。”

今天可是大吉大利的日子。无论是酒、炒鸡蛋，还是烟，从来没有像今天这样味美。

“你真赛过馆子里的厨师！”龚德朗拍一下玛格丽特的屁股恭维道。

只有若姆闷闷不乐，额头上笼罩着浓重的阴影。

当然，他和其他人一样体验到了生活温馨的爱抚，但是在他苦涩的心里一直潜伏着不安。

进来之前，他把整个白庄打量了一眼。它还是原来的样子，四栋房子仍蹲在橡树下，可是田地呢?

我们战斗了，并取得了胜利，可是对手给我们的打击够沉重的。

他坐在那里，看得见雅内的床和被单下像一段树干的雅内。

刚才，有人想让老头子喝点酒，他却装死；玛格丽特一再请他喝，他干脆转过了头。他刚刚睁开了眼睛，明亮的、刀刃般锐利的目光偷偷扫视着几个男人。

“我们胜利了。

“我们胜利了，这下好了。

“至于所付出的代价，等会儿就会弄明白。代价肯定不小，我担心代价非常惨重。不过，我们总算是胜利了。

“全村人都在，都没有缺胳膊少腿，可是……

“全村人都在，因为火在节骨眼上给打退了。

“真是节骨眼上，再烧一小会儿，我们就葬身火海了；再烧十分钟，我就一命呜呼，白庄也被火吞没了。就差那么一丁点儿。

“无论如何，这对我们是一个打击，就像泉水干涸了一样，像与莫拉争吵一样，像有关郁拉莉那件蠢事——那件事一直压在我心头——以及小玛丽的病一样，都是对我们的打击……

“这回我们胜利了，但胜利更来之不易。

“我们连眉毛胡子都给烧光了。

“这回我们胜利了，可是下回呢？

“还有山冈。

“山冈依然立在那里。

“雅内呢？他也依然在那里。

“这回差点连老本都搭上了，要是山冈再给我们更厉害的一击呢？

“山冈永远在那儿，用它那邪恶的力量来对付我们。它不会走，不会善罢甘休。

“这回是我们赢了，下回就轮到它赢了。

“这只是时间问题。说到底，我们能怎么样呢？只不过赢得了一点点时间，苟延残喘而已。

“这回它让我们逃脱了，只差那么一点儿，但总算逃脱了，下回它绝不会让我们逃出它的魔掌的。

“谁知道什么时候，也许它连明天都等不及。

“可能它已经在积蓄力量，准备一下子把我们打倒，以迅雷不及掩耳之势把我们打倒，叫我们永世不得翻身。

“毫无办法。只有设法让它忘掉往昔的仇怨，像往昔一样与我们一块共同生活，睦邻友好，互不侵犯。

“可是，只要雅内在……

“这个混蛋。

“一切都是他在搞鬼，凭他那个脑瓜子。

“过去大家相安无事，山冈从来没有说过和我们作对的话，没有做过和我们作对的事。真是座好山冈。它会唱好听的歌，像只大马蜂嗡嗡嗡的。什么它都让我们干。我们呢，也总是挖得不深，顶多刨一两锹，那算得了什么？我们到山上去也不害怕。它还和我们说话，声音像叮咚的山泉一样。那冷冽山泉的潺潺流响和松树的絮语，就是山冈在和我们说话。

“肯定是雅内从中搞鬼。

“肯定是他掌握了那他妈的该死的秘诀，控制了山冈，随心所欲地调派它，叫它什么时候发怒就什么时候发怒。

“肯定是这混蛋掌握了秘诀。

“他都死到临头了，却还作恶多端。

“他不愿意一个人去地狱，还要大家陪他去，要女人们、树木、鸡鸭、羊和骡子，总之一切陪他去，就像一个国王……

“他肯定是想让我们大家与他同时去阴曹地府。

“他已经气息奄奄。

“可不能留给他时间再来作恶……”

“亚历山大，把你的杯子伸过来。”玛格丽特拎着咖啡壶走过来说。

“我决不会留给他时间。”若姆满腔怒火地想道。

咖啡喝完了又喝葡萄烧酒。桌子上放着若姆在兜里揣了一上午的那个小酒瓶。

龚德朗一边斟酒一边打趣道：

“这要是牛奶，你就可以做黄油啦。”

接着是酒足饭饱后的恬静，只听见划火柴的声音，还有在桌子腿上磕烟斗的声音。

此时的情景，就像四月姹紫嫣红的草地一样令人陶醉。

若姆猛地站起来。大家都望着他，他有点不知所措。巴贝特正要把一块方糖放进酒里，惊愕地停住了。

“男人出来一下。我有事要对你们讲，是非同小可的事情。”

从若姆的神色，就可以看出事情非同小可。在几天没刮的胡子下面，他那白净的脸蜡黄蜡黄的。

“好，走吧。”

男人们都站起来，都有些不安，身体笨重。谁都不情愿离开这春意盎然的屋子。

“去橡树底下吧。没有必要什么都让女人们听见。该让她们知道的事情才告诉她们，得有个分寸。”

“哪儿出了事？”龚德朗问道。

“这里出了事。”若姆指着白庄外面的土地答道。那土地光秃焦黑，疤疤癞癞，还冒着缕缕青烟。

“坐下来吧，不是三言两语说得完的。

“我没在屋里对你们讲，有几方面的理由：首先是女人们都在；另一个理由嘛，听了我下面所讲的话，你们自会明白。

“我已经琢磨一段时间了，但一直没琢磨透。现在我清楚了，这就告诉你们。

“不过，我要讲的话事关重大，不论对我还是对你们都事关重大，不管你们赞同还是不赞同。所以在讲之前，我想知道你们是否信得过我。也就是说，你们是否相信，我要求你们做的事情是正确的，是为了大家好？”

若姆特别看着莫拉。

“我相信。”莫拉说。

看得出来，他是真诚的。

“你从来没有做过坏事。”大家异口同声说道。

“我从来没做过坏事，这不消说。我和大家一样也上过当，不过那不是我的过错。这回我不会上当了。我对你们说的话是有把握的。请记住：我对你们说的话是有把握的。我们昨天夜里和今天上午经历的事情，就不必谈了。我说我们险些连命都没保住，大家想必都同意，是不是？可是，这次大火和这些天发生的几件事是同一个祸根，你们信不信？”

“这话怎讲？”

“嗯，你记得不记得，几个月前，生活还挺安定，麦子长势不错，家家户户不缺油盐柴米，不缺酒肉菜蔬，小日子过得挺美满，一切都很顺利。培儿堆一个商贩漏出口风，要买我的扁豆，出价相当可观，差不多快谈成了。

“可是突然间事就来了。要是我没记错的话，是从龚德朗来告诉我们雅内说胡话那天开始的。我们去了你家，听他说了一通胡话，我当时就觉得蹊跷。你们也一样，记得不，那天晚上从你家出来，我们还议论了好一会儿。不久就发生了龚德朗在橄榄园地头所经历的那件事。那已经叫人感到不大妙了。随后又是猫的出现，泉水干枯，小玛丽病倒和这场山火……泉水嘛，我们对付过来了；小姑娘的病看来不会再恶化，对吗，阿尔波？但也不见好转；至于这场山火嘛，现在还难说。

“我见到猫的时候，没有瞒住你们，而是提醒过你们：‘注意山风。’不过老实讲，我没估计到会闹得这样惨。我寻思过了，在泉水干枯、玛丽生病和这场山火之后，要是再有什么横祸落到我们头上，那该怎么办？”

“……”

“咱们已经折腾得够惨的了。”

“……”

“说真的，最近要是再来一次我们刚刚遭受的这么严重的打击，那我们就完了。这是我的想法。”

“我看也是。”阿尔波说。

“可是最糟的还不在这个。要是全是自然灾害，还可以对付。人不能总遭灾吧，总有熬到头的时候。可是……怎么对你们说呢？这一切都是冲着我们，冲着我们和我们的家小，冲着白庄来的，这没说的。问题是，这一切全是一个比我们强的人从中作祟。”

“谁？”

若姆看一眼龚德朗。

“雅内。”他语气缓慢地说道。

“雅内这老头子是有点歹毒，的确。”莫拉附和道。

龚德朗一声不吭。

“我之所以说是雅内，是因为我知道，而且敢肯定是他搞鬼。我不是平白无故冤枉人的那号人。你们记着，我说过的话和我将要说的话，全都是我心中有数，掌握了证据，在心中反复掂量过的，是肯定无疑的。”

龚德朗干咳一声，低声说：

“你凭什么说肯定无疑呢？我并不怀疑你，对你我信得过，不过你凭什么这样说呢？我想看看我想的和你想的是不是一样。”

“听我说：泉眼干了的时候，我们钻进刺蓬窝，顺着水脉找了好几天，一天晚上回到家，都累得趴下了。那天夜里，我整整琢磨了一宿。连续找了几天，一滴水也没找到，我觉得真是怪事。我们鹿儿山的土地蕴藏着丰富的水，可是现在变得像烤肉一样干巴巴的。所以我想，一定是天上和地下有一种意志跟我们的意志对着干，这两种意志相互对抗，就像两只不和的山羊斗架似的。在这场对抗中，理在我们这边。我们找水问心无愧，不找不行，没有别的出路。可是，对手为什么这样死顽固呢？

“第二天早晨，我去看望了雅内。他是我们之中最年长的，应该知道不少有用的东西。他的确知道，还自我吹嘘了一通，就是不肯告诉我。小玛丽的病我治不好，又下决心去找他谈谈。说实话，我不是情愿去的，他已经让我碰了一鼻子灰。这回他露出了真面目。他对我说的话你们都想象不出。他那一肚子坏水，这回我可看清楚了，看得一清二楚。他对我说，这回我们全完蛋了，他为此感到高兴；还说他要不惜一切代价让我们完蛋。我给他讲道理，对他发火，都无济于事。就在这时，他拉开了话匣子，就像打开了一个秘密的泉眼，滔滔不绝。他那番话是精心考虑好的，揭示了一个世界，揭示了一个个国度，一座座山岭，一条条河流，一棵棵树木，一头头野兽；他的话在行进中扬起了整个人世的尘埃，纷纷扬扬，像车轮在滚动，令我眼花缭乱。猛然间，我眼前一亮，看清了整个地和天，看清了我们生息的这片土地；那还是我们这片土地，但变得面目全非，光怪陆离，丑恶狰狞，阴森可怖。在我从前看见一棵树，看见一座山，总之看见我们往常所看见的那些东西的地方，现在树还是树，山还是山，可是我却透过它们，看见了它们可怕的灵魂。我看到青枝绿叶中潜伏着力量，土地赭红色的皱褶里也潜伏着力量；我看到草木碧绿的液汁中升腾着仇恨，伤痕般的犁沟中跃动着仇恨。随后，我看到一个人手里拿着一根刺，正在挑开大地的伤痕，把大地的怒火释放出来。”

大家听得目瞪口呆，面色如土，手脚发僵，被草木里钻出的恶魔吓得魂不附体。

“我看见过山冈摇动。”龚德朗喃喃道。

“那手里拿着一根刺的人就是雅内。”若姆最后说道，他苍白的脸上淌着汗珠子。

“这混蛋！”阿尔波骂道。

"多亏了你。"莫拉说。

四野又静了下来。火灾过后，这寂静比以前更使人感到压抑。它压得树木挺不起腰，压得人抬不起头，它沉甸甸地压在大地上。过后不久，焦黑的荒野之中传来了狗吠。

"怎么样？"

"还能怎样？无疑是他。"

"是雅内？"

龚德朗啃着手。这只粗大的手对这件事情却无能为力。他终于把手从嘴边挪开，把自己的想法讲出来：

"的确是这样。这之前我什么都没说，但我早就明白了，只不过没有你讲得这么清楚。你比我们都强，不过我也想到了。你是对的，这一切全是雅内造成的，不过我们也没法子。"

"法子是有的。"

"什么法子？"

若姆嘴里露出一颗黄牙，随即又消失了。

"必须干掉他。"他说道。

这样的主意听了不是一下子就能反应过来的。

"我的天！"阿尔波明白后说道。

现在，这件沉甸甸压在心头的大事吐了出来，若姆呼吸畅快了，不过，他突然变得满脸通红，太阳穴上暴起橡树根般的青筋。现在他说话声音平和；他的声音刚从嘴里吐出来，就顺着他的身体落下，紧紧包围了他。他像一尊披着大衣的木偶圣像，借助他的话语，变成了他的思想的化身。

“必须干掉他，这是唯一的办法。说不定他已经在策划怎样害死我们这些人了呢。这件事关系到我们是否想活下去，是否想拯救巴贝特，是否想拯救孩子们，是否想拯救白庄。我们想自卫，就只剩下这个办法了。我们已经与山冈的身体搏斗过了，必须砸烂它的头。只要它的头还在，我们就可能丧命。”

“他是人啊。”龚德朗说。

“他不是人，”若姆说，“人是你、我，是我们大家，我们尊重生活。我们对待生活，就像手里端着盏小灯，风要把它吹灭，我们就用手护着它，在它面前我们总是战战兢兢。你经常把热乎乎的小鸡捧在手掌心里吗？小鸡待在你手掌心里，你的手指稍微捏得紧一点，就可能把它捏死。我们从来没动过这样做的念头，因为我们是人。雅内呢，他手心里捏着的不是小鸡，而是我们；我们已经感到他的手攥紧了，而且他想把我们攥死方休。他不是人。”

“唔，我嘛，并不反对你的意见，”龚德朗说道，“我了解他。我和他一块生活了二十五年，还能不了解他？你的看法我同意，他是祸根。正如你所说的，要想摆脱祸患，就必须干掉他。可是，他已经奄奄一息，可能不要等多久，他自己就会呜呼哀哉……”

“你要是等待，”若姆坚决反驳道，“你要是等待，他哪怕只剩一口气，也要坑害我们。他越是死到临头就越是歹毒。总而言之，我们如果等待，就会在同一天和他一起去见阎王，他在前，我们在后，等于陪葬。他有什么舍不得豁出去呢？”

“你说得对，”龚德朗说道，“我之所以这样说，因为他是我丈人，你理解吗？再说，这件事可能还要和玛格丽特谈谈。”

“去找她来，必须今晚了结。”

龚德朗进了“孟日庙”。

若姆看着阿尔波和莫拉说道：

“必须干掉他，一劳永逸。”

另外两个人斩钉截铁地异口同声回答：

“对，没错，这畜生！”

对玛格丽特，一点都不费事。

当龚德朗进到“孟日庙”时，三个男人突然担心起玛格丽特来。他们已经看见她踏着草地飞跑过来，伸着手指要抓人，嘴里大喊大叫。若姆早就想好怎样劝说玛格丽特了：“我去跟她说：‘怎么，你想使我们这里重新变成野草吗？’我去跟她说……”

不必要，对玛格丽特不需要多费口舌，很快就讲通了。她步履沉重地踏着草地，摇摇晃晃走过来，蹲在牲口饮水池边哭起来。

他们撂下玛格丽特去干那事儿。

“这件事只有你办得到，”若姆低声对龚德朗说道，“他不会提防你。”

“用什么家伙呢？”

“用手嘛。他病成那样，稍微用点力气就成了。”

“劈这儿，”莫拉比画着后颈说道，“在部队我当过屠宰手，我知道。劈这儿，像宰兔子似的。使劲一劈，然后拿个枕头压在他脸上。”

“做给我看看。”龚德朗要求道。

莫拉低下头，让龚德朗摸摸他的颈椎骨节。

“就是这儿，手侧着劈下去就成。”

“会流血吗？”

“不会，如果你劈得干净利落。也许会滴一两滴，你不要看，拿枕头捂住他，压一小会儿。”

一阵沉默。四个男人都默默不语。龚德朗猛地心一横，迈出了最艰难的一步，然后毅然决然走去，弓着背，双臂僵直，两手远离身体，像怕它们弄脏裤子似的。他每走一步，似乎都在试探地面是否坚实。

苍茫的暮色中，鹿儿山一只老鹰张开爪子，从上空掠过。

一声喊叫，紧接着砰的一声门响，就见巴贝特跑出来，连头巾也跑掉了。

“他死了，雅内死了，快来人哪！”

年迈的玛德龙出现在土台子上。她慢吞吞地、并不怎么激动地招呼道：“你们过来。”

龚德朗正要迈进“孟日庙”，连忙往后一跳，从门口退出来，好让人看到他与这死亡毫无干系，他还没有进屋，雅内就自己死掉了。

橡树那边，巴贝特比画着，讲述着，连发髻都散落了。她一边讲，一边撩头发。看到她弯曲着健壮的胳膊比比画画，龚德朗突然一阵激动，生命像澎湃的巨浪又回到了他身上，他耳朵里回荡着音乐。他沉重地坐在地上，像一个醉汉。

雅内真的死了。

大家摘下帽子。若姆把烟斗搁在碗橱上，见它还在冒烟，便拿到屋外轻轻磕掉。玛格丽特抽抽搭搭，但没有流泪。

“玛格丽特，要趁他还没有全凉，给他穿寿衣，等会儿就太硬了。把他节日穿的上衣拿出来。”

为了让龚德朗和莫拉给雅内穿灯芯绒长裤，若姆将双臂伸到尸体腋下，将它抱住。雅内的脑袋软软地搭在若姆肩头上。

然后，大家把尸体平放在床上，用块白围巾兜住下巴。

“玛格丽特，关上窗板，点亮一支蜡烛。我们男人守灵，你们女人去睡吧。”

龚德朗在衣柜抽屉里翻寻烟斗。

“你还有烟丝吗？”他问阿尔波。

夜降临了，浓黑如墨。远处马诺斯克那边，山火还没完全熄灭。一只蟋蟀在土台子上鸣叫。

龚德朗叉开腿跨坐在椅子上，双目闭阖，慢慢地吧嗒着烟斗。

雅内还是盯住邮政日历。

他们就这样待着，不说话，光抽烟，直到深夜十一点钟光景。高高的挂钟响到最后一下时，若姆手一举说："听。"

外面黑暗中传来响声。

几个人心里暗自嘀咕：是风声？或许是雨声？想是这么想，一个个额头直冒冷汗。

他们打开门，侧耳细听，又不约而同想道：

"要拿盏灯。"

他们迈出门槛，这时，他们已经明白了，但还是想亲眼亲手验证一下。

泉水哗哗流淌。

莫拉朝"孟日庙"门口望一望，门里透出灵堂昏黄的烛光。他碰碰若姆的胳膊说：

"嗐，真玄乎。"

他们按规矩守了一天一夜，今天黄昏，才把雅内葬在野火没烧到的地头。

棺材是莫拉做的。巴贝特站在坟坑上方，念了弥撒经书中的一段。

回来的路上，龚德朗对若姆说：

"明天你去马诺斯克办个手续吧，请万桑先生开张死亡证明书，再去镇公所……”

“我去，不过得明天下午。我干脆去平原一趟，到巴隆把信捎回来。你说怎么样，郁拉莉？”

父女俩回到了家里。郁拉莉不知道有什么心事，显得很不安，围着桌子转了几圈，又走到窗口，望着布满星斗的夜空。

“随你便。”

若姆说是那样说，但早晨刚到六点钟就起了床。去马诺斯克一趟可不是一件小事，得把漂亮衣裳找出来，抖一抖，掸掉樟脑丸碎屑，再找条围巾，刷刷帽子，还要擦皮鞋，刮胡子……

用清清的泉水涂肥皂沫时，他想起不久前那天早上龚德朗用酒刮胡子的情形。现在，雅内给埋在了足有两米厚的泥土下，泉水就回来了。就像莫拉说的：真玄乎。他给折腾得够了，疲劳不堪，人也瘦了。这会儿他想起了鲜花，想起了百花盛开的草地，想起了翻晒干草时女人们的呼唤声。

“喂，若姆！”下面传来阿尔波的喊声。

若姆还心有余悸，一听见喊声就哆嗦一下。他推开窗户，看见橡树后面有一小堆新土，垒得像人体般长……

“等……”

"我从布尔纳山沟回来，那里有具尸体，多半是戛古。"

哦，这两天也没有想起戛古。

"……全都烧焦了，像个知了壳。我想大概是他，就打量一下他的脸，鼻子给耗子啃掉了，从几颗大门牙我认出是他。我这就去告诉龚德朗。"

戛古！看来还没结束。还有那件事存留在若姆的脑子里，雅内的那些话还没有消失。

咳，既然处在严酷的现实中，最好当机立断，一下子了结，虽然痛苦点，但落个心里明白。

他又刮起胡子来。

郁拉莉提着水罐进来了。

若姆一边抹肥皂一边说：

"喂，郁拉莉，阿尔波刚才发现戛古死了，全给烧焦啦。是在下边的布尔纳山沟。鼻子给耗子啃掉了。"

"知道啦，我刚才都听见了。"

郁拉莉把水罐放在洗碗池下。

若姆从镜子里观察她，继续用小刷子抹他的长胡子。

"你说他在哪儿？"

"在布尔纳。"

郁拉莉走到放工具的墙角，在那堆铁器里找出一把新铁锹。

若姆从镜子里注视着她的一举一动。

郁拉莉摸摸铁锹刃口，然后向门口走去。若姆转过身。他想转身转得慢点儿，话讲得清楚点儿，可是从肥皂泡沫里传出的声音瓮声瓮气：

“你去哪儿？”

“去你说找到他的地方。”郁拉莉回答。

父女俩面对面相互打量。郁拉莉紧绷的脸微微放松了：嘴角边现出一条皱纹，随即又平复了，眼皮抖动几下……她拉上身后的门，向坡下走去。

这么说，事情是真的？

雅内身上埋了两米厚的土，嘴里也已经腐臭，可是从那张嘴里吐出来的话，却还像杂草一样除而不尽。

“啊，你大概笑了吧，老混蛋。还是让你赢了我。现在这件事，够我憋在心里一辈子，够我吞咽一辈子的了。”

他突然产生了随顺的愿望，任凭命运像风一样，像拦腰扫过来的狂风一样，爱把他卷到哪儿就卷到哪儿吧。

稍微歇息一下！歇息一下，坐在暖洋洋的门槛上，享受阳光，抽一袋烟！

郁拉莉回来了。

若姆完全准备好了。脸刮得干干净净，一条白色棉纱围巾围在脖子上，露出高高的褐色喉结；灯芯绒上衣保留着从衣柜里拿出来时的褶痕；身旁椅子上搁着宽檐毡帽和手杖。

郁拉莉回来了。是在中午十二点半光景回来的。

在进屋之前，她用一块小小的扁石头，仔细刮去了铁锹上的泥巴。

父亲一个人坐在桌子前，面前摆着一盘火腿和一升葡萄酒。

她走到搁工具的角落，放下铁锹，在围裙上擦擦手，转过身来……

她脸上的表情和往日没有两样，只是小嘴紧闭，上唇突出在下唇的上面。

“没做汤吗？”若姆问道。

“没有，没来得及做。”

她在餐桌旁坐下，双手搁在膝头上，一言不发。

“你不吃？”

“不饿。”

她艰难地咽下一口黏稠的唾液，深深地陷入沉思之中。

沉默了一阵，她突然像喃喃自语一般，用低低的、悲苦的声音说道：

“我，现在我怎么办？”

若姆看她一眼：他的女儿！那个戴着小白帽在苹果树下跑来跑去的莉莉。她长得丑，这不假，可是她红红的眼皮下，闪烁着一双火炭般发亮的眼睛。

说来也是，难道她就该光干活儿，永远不能享受女人的乐趣吗？

该出发了。若姆站起来。

“郁拉莉，”他说道，“听我说，我们可以去救济所领一个男孩子来。十六岁的男孩子，已经成年了。我们愿意领哪个就领哪个。知道吗？”

若姆和龚德朗坐在井台上喝苦艾酒。酒瓶子浮在水池里清凉的水上晃来晃去。正是黄昏时分，冷星寥落。

“咱们的水真好啊。”

大地的一半笼罩在鹿儿山的阴影里。屋子里传来洗碗声和摇篮曲。

“阿弗洛迪把小女儿送到培儿堆她姥姥家去了，让她换换环境。”

“似乎好些了。”

“是的，像其他一切一样。”

“哦，你知道，那只猫我们留下了。它是大庄的。还记得夏巴苏给我运来一车草料吗？猫就睡在草里面，自己钻了出来。那是夏巴苏的猫。它可勇敢了，是只好猫，会抓耗子。你该来看看。”

“亚历山大，你还没开始耕地？”

“明天开始。”

灌满泉水的水沟里散发着水田芥的金属味。泉水唱着一首悠长而单调的歌，述说着冰凉的石头的阴影。生气勃勃的水池里水波荡漾。

若姆突然弯下腰，把酒杯放在草丛里。

“看！”他低声说道。

山坡上靠荒野那边，有个黑影在移动。是头野猪。

“啊，这婊子养的！”

若姆已经端起枪，顶住肩头，不慌不忙地瞄了两次，决计要打死它。枪声盖住了熟悉的泉水声和屋子里的响动。

“打中了。”

“啊！啊！”阿尔波在田野里喊道。

“啊！”莫拉在橄榄园里欢呼。

四个人向挣扎着的野猪跑去。那家伙滚得土块飞溅。

这是一头肥壮的小野猪，浑身毛竖起来，像颗毛栗子。霰弹打穿了它的肚子，血顺着大腿内侧咕噜咕噜往外冒。它还想站起来，露出几颗白白的大獠牙。

莫拉连砍几柴刀结束了它的生命。

大家趁热剥了皮，七手八脚把肉分了。男人们在水池的清水里洗了手。若姆自己留下猪皮，撅两根柳枝把它撑开，挂在橡树的一根低枝桠上，让露水把它浸软。

夜渐深，最后一家窗子上的灯火熄灭了。鹿儿山顶闪烁着一颗大星星。

野猪皮在夜风中打转，发出鼓面般的响声，污血像眼泪般滴落在草丛里。

译后记

古今中外许多大作家，其创作道路往往是与历史的进程紧密联系的。让·吉奥诺就是这样一位作家。他经历过两次世界大战，而人类历史上这两次空前规模的战争，对他的文学创作产生了不可磨灭的影响。

一九一四年第一次世界大战爆发之前，让·吉奥诺还只是一个对文学有着浓厚兴趣的文学青年，仅仅受维吉尔或柏拉图思想的启发，写过一些短诗和一篇具有中世纪传奇色彩的小说《天使》，而且那些短诗也是在一九二四年才由吕西安·雅克汇集，在《艺人手册》上发表，那本小说则直到他去世十周年的一九八〇年才正式出版。战争爆发后的第二年即一九一五年，吉奥诺便应征入伍，在烽烟连天的战场上出生入死四年多，直到一九一九年战争结束了，才作为二等兵退役。那时，热纳瓦、杜阿梅尔和多热莱斯已经写过一些描写那场战争的重要作品，而二十四岁的吉奥诺还什么也没有发表。然而，这个为生计所迫连中学都没有毕业的青年，注定要走成为作家的这条艰辛而光辉的道路。他从小博览群书，受到荷马、维吉尔以及巴尔扎克、司汤达、莎士比亚、陀思妥耶夫斯基等文学大师的强烈吸引。尤其维吉尔的古代牧歌与他的故乡马诺斯克恬静、美丽的田园风光相融合，是少年吉奥诺主要的精神食粮。因此，当他离开战场，回到可爱的马诺斯克之后，便以他当鞋匠的父亲那手艺人的精湛技巧和他当熨衣女工的母亲的勤勉精神，开始了多少类似古代牧歌的田园小说创作。他获得了成功，他的成名作《山冈》一九二九年发表后，在法国文坛引起了不小的轰动，连纪德那样地道的知识分子和著名作家也情不自禁地欢呼："刚刚诞生了一个写散文诗的维吉尔。"《山冈》这本散文诗式的小说被称为一本"神奇"的书。它通过语言和形象表现了许多神秘的东西，在清新的叙述中既有焦虑又有陶醉，二者交融在一起，把读者迷住了。接着，吉奥诺又连续发表了《一个鲍米涅人》和《再生草》两本小说。这三本小说合称《潘神三部曲》。潘神是古希腊神话中象征大自然的神灵——山林之神。这套三部曲的旨趣，从它的题目和《序幕》所描写的场面，就可以清楚地看出来：人与大自然中的花草树木、飞禽走兽应该和睦相处，才能平静、幸福地生活；草木、土地，甚至石头，都是有血肉、有生命、有灵性的，人如果肆意掠夺、破坏、杀戮它们，必然会遭到惩罚，招致自我毁灭的大灾难。

三十年代的法国，被称为“美好时代”的二十世纪的初期已经过去，人们对工业大城市产生了厌倦情绪，对使人沦为机器奴隶的机械化大生产产生了反感，而对文学上长期流行的心理分析小说也开始腻味。吉奥诺的《潘神三部曲》和随后相继发表的《蓝老让》(1932)、《人世之歌》(1934)、《让我的快乐长存》(1935)、《星之蛇》(1933)等作品，以描写大自然、歌颂山川草木为基调，既有引人入胜的情节，又具有散文诗的风格，给文坛带来了新鲜的气息，令人耳目一新，因而受到广大读者的欢迎。吉奥诺也因此声名鹊起，成为法国知名作家，尽管他一直居住在普罗旺斯偏僻的马诺斯克，与巴黎的文坛并没有多少联系。

然而，如果认为吉奥诺的这些作品仅仅是迎合了时尚，那就没有真正认识到他这个时期的艺术成就。吉奥诺创作生涯的这个时期，后来被评论界称为“抒情时期”，甚至“宇宙抒情时期”。他的“田园小说”并不是一般地描写田园风光，而是把山川草木作为人，作为世间的“居民”来描写，赋予它们生命、灵性和喜怒哀乐的情感，从宇宙万物的生命规律揭示人与大自然的关系，而且把人以及与人一样具有生命的山川、草木、土地等放在整个宇宙空间来加以描写和歌颂。“事实上，吉奥诺作品里的普罗旺斯，与米斯特拉尔、都德、埃卡、阿雷纳和帕尼奥尔笔下的普罗旺斯有着本质的不同。这位诗人小说家的神奇之笔，以极具生动形象的格调和充满魅力的朴素语言，赋予他的故乡普罗旺斯一种远远超出了其本身范围的特质和空间，在这里，天、地、夜风、星辰、草木和人，一齐汇入了宇宙生命的旋涡之中。”① “这是法国文学中无与伦比的现象，也是一个极其宝贵的贡献。”②

那么，历史的进程对于已成为知名作家的吉奥诺有什么影响呢？在已经过去的那场战争中，吉奥诺亲眼看到炮火摧毁了许多城镇和村庄，杀戮了成千上万无辜的平民。在枪林弹雨中，在泥泞的战壕里，他一刻也没有想过军阶的迁升，而是时时渴望和平的生活，渴望返回他的故乡马诺斯克。因此，当战争的硝烟消散之后，他拿起笔开始创作时，没有首先去描写那场腥风血雨的战争，而是描写普罗旺斯的旖旎风光，就是非常自然的。这是一种对和平生活的刻意追求和尽情享受。吉奥诺说：“我要寻求的快乐，是椴树或任何其他葱茏的树木所提供的快乐，现行的社会秩序，就是驱使人们从事一无所获的劳动，

① 法国《大百科全书》第九卷第5423页，拉罗斯图书出版社1971年版。

② 亨利·弗吕谢尔：《我的朋友让·吉奥诺》，《巴黎文学杂志》1970年第2期。

其根本的规律就是造成资本的不均衡。耶稣作过努力，也未能消除这种社会秩序。因此，我们不要呼吁：‘雅克，彼埃尔，保尔，努力让我们的快乐长存吧。’而只是简单地说：‘让我们的快乐长存吧！’”[①] 寥寥数语，充分表明了他的根本态度。当然他也描写过战争，一九三一年出版的《大羊群》就是一部直接描写战争的小说。黑压压一眼望不到头的一大群羊，从高山上疯狂地向平原奔来，目瞪口呆的人们突然醒悟到：“打仗了！”接着，战争的风暴把一批批青年卷向了战场。前线是血肉横飞的无谓牺牲，后方是骨肉亲情的痛苦思念。应该说，这本小说比巴比塞的《火线》和杜阿梅尔的《烈士传》要生动得多，只是吉奥诺标明他的作品描写的是一八四八年那场战争，而不是第一次世界大战。不管是描写田园风光的作品还是描写战争的作品，都表明第一次世界大战在吉奥诺心灵深处产生的影响：渴望和平。

可是，和平持续的时间并不长。从一九三五年起的几年间，当吉奥诺在马诺斯克附近的高原上孔塔杜尔集合起一个团体，与他的四十多个年轻追随者一边切磋文学，一边尽情地享受地上、天上的乐趣和温暖的阳光时，欧洲大陆上再次闪烁着

---

① 让·吉奥诺《套环标的鸟·燕子城》。

钢铁的寒光，一场更加酷烈的战争迫在眉睫。老实讲，这时的吉奥诺对待祖国和对待他自己的第一首诗一样，并不怎么看重，而是迷恋于他的牧场和阳光。根深蒂固的和平主义思想蒙蔽了他的眼睛。他虽然厌恶法西斯，也支持过巴比塞、纪德和阿拉贡等人反法西斯的斗争，但他更厌恶战争，主张用和平的手段反对法西斯，不惜一切代价避免战争，并且真诚地相信战争是可以避免的，一再向他的追随者们宣称“战争绝不会爆发”。他出版了《拒绝服从》一书（1937），并撰写和散发题为《不要打，听我说》的小册子。因此，一九三九年九月十八日，他因“散布失败言论”，在马赛被捕，可能只是由于《法兰西新评论》杂志的朋友们的干预，才很快被释放，回到他的故乡小镇。法国被占领期间，他继续进行小说创作，出版了《两个莽汉》（1942），同时尝试把《人世之歌》改编拍摄成电影，还写过四个很不成功的剧本，其中《穷途》居然上演了五百场，而《乘马车旅行》在巴黎首演即遭德军检察机关查禁。由于他曾散布的和平言论，对他的敌视情绪没有消除，一九四三年春，《信号》杂志发表了一组有关他的图片报道，让事态更是火上加油。尽管皮埃尔·西特隆在吉奥诺之友协会第十二期简报上发表文章，有力驳斥了加在吉奥诺身上的罪状，一九四四年法国光复时，他还是于八月底再次锒铛入狱，并被全国作家协会禁止发表作品。因查无实据，免予起诉，后于一九四五年二月初开释，并重新获得创作的权利。

如果说第一次世界大战的亲身经历促使吉奥诺走上了田园小说的创作道路，那么第二次世界大战则使他蒙受了耻辱。在他的文学创作道路上，这是一个断层。当一九五一年他最重要的作品《屋顶上的轻骑兵》问世时，许多人还以为出现了一位新作家。不过，这段遭遇也促进了吉奥诺的思考和反省，许多东西，诸如生活、文化、政治，包括他过去的作品，都需要重新考虑和认识。他要忘却一段受骗的历史，那就是《真正的财富》（1936）和《让我的快乐长存》那段历史。他劝人们获得那些财富和快乐，其实是一种过分强调了的对个人享乐的追求，一种过于简单化的“哲学”。他不能永远以天真、浪漫的热情，充当一个歌颂过时的维吉尔式的世界的诗人。他必须在对自身进行反省的同时，对世界进行思考。对世界进行思考，对他来讲，就是引进历史，把他那个乡村社会置于其演化过程之中。这就产生了五十年代吉奥诺开始创作的“轻骑兵”系列的历史小说。这些历史小说所描写的只不过是历史上以他的故乡马诺斯克为舞台所发生的轶事。这里远离重大的历史事件发生的中心，这些轶事充其量只是一些重大历史事件的回声。然而，吉奥诺在描写这些历史轶事时，竭力追求客观性，排除浪漫的风格和个人感情抒发，摈弃一切浮艳之词。这样，他便完成了自己的创作风格的转变，而进入了“客观时期”。这种转变首先鲜明地表现在《波兰磨坊》(1952)里，这是一本结构非常严谨、笔调冷静客观而又引人入胜的小说。在这之前出版的《一个没有欢乐的国王》(1947)，还保留了一些浪漫主义色彩，也就是说还有某些超出历史记述的感情流露，所以这部小说是一部过渡性的作品。

“轻骑兵”史诗系列使一九四六年以前那个令人喜爱的地方作家吉奥诺，成了在整个法国文坛占有重要地位的作家。在计划创作这个系列的时候，吉奥诺就宣称他要做“巴尔扎克忽略了而没有意识到的事情，做司汤达刻意追求的事情，做福楼拜自以为做成功了的事情”。“如果现在我死去，人们将不会知道我的艺术的伟大之处。迄今我所写的仅仅是农民和大自然。从现在起将产生别的东西了。”① 这个史诗系列，他本来计划写成十本小说，但最终只完成了《一个人物之死》(1949)、《屋顶上的轻骑兵》(1951)、《疯狂的幸福》(1957)、《昂热罗》(1958)四本。这几部作品运用巴尔扎克的人物再现的方法，都以昂热罗·巴尔迪这个人物为主人公。以这个名字出现的轻骑兵，经

---

① 《七星文库》第四卷第113页。

历了第一帝国和复辟王朝两个历史时期，而并没有受到它们的影响，因为昂热罗并不因为政权的更迭而沉浮，他经受得住一切考验，包括明刀暗枪的搏斗、深夜的埋伏，甚至各种流行病，不怕疲劳、饥饿和干渴，一切都经受得住，只是屈从于美丽的波莉娜的爱情的摆布。为了护送波莉娜，他在《屋顶上的轻骑兵》里，经历了一八三八年发生的那场大霍乱。在作者的笔下，那场时疫不分青红皂白地夺去了男人、妇女、儿童和老人的生命，它吞噬一切，毁灭一切，所到之处谁也不放过，把好人和坏人统统抓在它的魔爪里捏得粉碎。这是一种巧妙的象征手法：霍乱就是战争。而那位勇敢的轻骑兵接触过战争，却从未亲自参加过，他是一个闲逛的士兵，从来没有杀过人而处处救人：这就是吉奥诺心目中理想的军人。归根到底，吉奥诺所坚持和宣扬的，还是他那个善良的和平主义思想。不过，“轻骑兵”史诗系列使他获得了《潘神三部曲》和《人世之歌》未曾给他带来的荣誉：一九五三年他以其全部作品获得摩纳哥文学大奖，一九五四年被选为龚古尔文学院院士，一九六三年又被选入摩纳哥大奖评审委员会。他的作品重新受到广泛的重视和研究。

这里特别值得补充的是：从整体上讲，吉奥诺是一位传统型作家，但在第二阶段，他越来越经常地采用现代派小说的方法和技巧。这种方法和技巧的运用，突出地表现在《坚强的灵魂》(1950)和《挪亚》(1948)两本小说里。《坚强的灵魂》是吉奥诺所写的最紧凑、最难懂的一本书。整个故事发生在一夜之间，但这一夜从时间和空间的概念讲，却充满了极其丰富和不断增加的回忆。所有事件、地点和时间，都被故意打乱了，只是隐隐约约能找到头绪。整部作品就像伦勃朗的一幅油画，运用了明暗对照的手法，明的部分即故事的主线，暗的部分是大量令人意想不到的插叙或对某一细节的发展。读者在阅读过程中，只能跟着连续不断的、具有神秘色彩的细节走，直到读完之后掩卷思考，才看清油画的全貌即整个作品所讲述的故事：泰莱丝与丈夫菲尔曼合谋，企图杀死公证人努曼斯，以获取其地位和财产，但因夫妻双方利害冲突，她反而设下种种圈套，最终杀了丈夫。作者所表现的，是一个小资产阶级女性在利益驱使下所暴露的狡诈、耐心和残忍的本质。《挪亚》则是一部写小说家的小说。在这部作品里，吉奥诺把让·吉奥诺的个人生活，他作为作家的生活，他刚刚完成的《一个没有欢乐的国王》中所有人物应该持续下去的生活，以及他还没来得及描写的他周围许多人物的生活和他在马赛公共汽车里所观察过的几十个乘客的生活，统统糅合在一种淹没了作家现实环境的纷至沓来的幻想之中。这本小说没有获得读者的好感，因为他们什么也没读懂，他们在琢磨题目是什么意思。只有行家们才领会吉奥诺的真意：小说家的心灵像挪亚方舟，囊括着整个世界，因为他的创造力是永无止境的，他的想象虽然是从现实中得到启示，但却以自己独特的方式再现现实。作者本人就是挪亚，他拥有一艘巨大的方舟，那就是他的生活、幸运和心灵，他满怀自豪和喜悦带领我们畅游他的方舟。这本小说是吉奥诺思考和反省的产物，也是他的一种间歇，一种休息。而后，他就开始制订和实施前面提到的“轻骑兵”史诗系列的宏伟计划了。

由于“轻骑兵”史诗系列采用了司汤达作品中的编年体方法以及吉奥诺对司汤达的推崇，许多人都拿吉奥诺与司汤达对比，竭力从吉奥诺的作品中去寻找司汤达的风格，甚至认为吉奥诺风格就是司汤达风格。这未免流于简单化和肤浅。真正深入研究过吉奥诺的评论家得出的是相反的结论：“的确，吉奥诺所采取的现代派手法、他对司汤达的钦佩以及他杰出的叙述才能，都促使人们做出这种恭维他的对比。然而，我们越是发现司汤达的作品生硬、简练、准确，就越是觉得吉奥诺的作品柔和、丰富、曲折。他们的作品只是语言很相似，而风格和写作方法则不同。这对他们两人都很好，因为，如果吉奥诺是司汤达再世，那就太遗憾了。他还有其他东西值得我们赞赏。”①

---

① 让·迪迪埃语。引自沃尔弗罗姆：《借历史来赎罪》，《巴黎文学杂志》1970 年第 2 期。